Bia

Carol Marinelli
La joya de su harén

Editado por HARLEQUIN IBÉRICA, S.A.
Núñez de Balboa, 56
28001 Madrid

© 2012 Carol Marinelli. Todos los derechos reservados.
LA JOYA DE SU HARÉN, N.º 2229 - 8.5.13
Título original: Banished to the Harem
Publicada originalmente por Mills & Boon®, Ltd., Londres.

I.S.B.N.: 978-84-687-2729-5
Depósito legal: M-7219-2013
Editor responsable: Luis Pugni
Fotomecánica: M.T. Color & Diseño, S.L. Las Rozas (Madrid)
Impresión en Black print CPI (Barcelona)
Fecha impresion para Argentina: 4.11.13
Distribuidor exclusivo para España: LOGISTA
Distribuidor para México: CODIPLYRSA
Distribuidores para Argentina: interior, BERTRAN, S.A.C. Vélez
Sársfield, 1950. Cap. Fed./ Buenos Aires y Gran Buenos Aires,
VACCARO SÁNCHEZ y Cía, S.A.

Prólogo

REGRESARÉ el lunes –anunció el príncipe Rakhal Alzirz. No iba a permitir que le hicieran cambiar de opinión–. Ahora, pasemos a otros asuntos.

–Pero el rey ha exigido que usted abandone Londres inmediatamente...

Rakhal tensó la mandíbula ante el empecinamiento de Abdul. En realidad, resultaba raro que Abdul insistiera tanto después de que Rakhal hubiera expresado con tanta claridad su opinión sobre un asunto, dado que el príncipe heredero no era un hombre que soliera cambiar de parecer. De igual modo, jamás aceptaba órdenes de un asistente, aunque fuera el de más edad. Sin embargo, en aquel asunto, Abdul transmitía órdenes que provenían directamente del rey, lo que le obligaba a mostrarse inflexible.

–El rey ha insistido mucho en que usted regrese a Alzirz mañana. No aceptará excusa alguna.

–En ese caso, hablaré personalmente con mi padre –replicó Rakhal–. No pienso marcharme solo porque él me lo mande.

–La salud del rey es delicada –le recordó Abdul con rostro compungido.

–Razón de más para que me case antes de que acabe el mes –concluyó Rakhal–. Acepto que es importante para nuestro pueblo saber que el príncipe heredero se ha casado, en especial cuando el rey está enfermo, pero...

Rakhal no terminó su frase. No necesitaba explicarle más a Abdul, por lo que, una vez más, cambió de tema mientras desafiaba a su ayudante con la mirada de sus ojos azul oscuro a no obedecerlo.

–Ahora, pasemos a otros asuntos –repitió–. Tenemos que hablar sobre un regalo adecuado para celebrar las noticias que han llegado esta mañana de Alzan. Quiero expresar mi gozo al rey Emir.

Una sonrisa frunció los gruesos labios de Rakhal. A pesar de las malas noticias sobre la salud de su padre y del deseo de su progenitor porque regresara a Alzirz para elegir esposa, la semana había traído al menos una buena noticia.

En realidad, se trataba más bien de dos buenas noticias.

–Tiene que ser algo rosa –prosiguió Rakhal.

Por primera vez aquella mañana, Abdul sonrió también. Realmente se trataba de una muy buena noticia. El nacimiento de las gemelas le daba al reino de Alzirz un respiro muy necesitado. No mucho, porque sin duda el rey y su esposa tendrían muy pronto un hijo varón. Sin embargo, por el momento, había motivo para sonreír.

Mucho tiempo atrás, Alzirz y Alzan habían sido un único país, Alzanirz, pero después de un periodo muy turbulento el sultán decidió buscar una solución. Un error en el nacimiento de sus hijos, que eran gemelos idénticos, se la proporcionó. A su muerte, el reino de Alzanirz se dividió entre los dos hermanos.

Fue una solución temporal, dado que siempre se había considerado que, con los años, los dos países volverían a unirse. No podía ser de otra manera, dado que se había proclamado una ley especial para cada país que significaba que un día los dos estados volverían a unirse. Se había otorgado a cada uno una ley que debían cumplir y que tan solo el dirigente del país vecino podía revocar.

En Alzirz, donde Rakhal sería muy pronto rey, el jefe del Estado solo podía casarse una vez en toda su vida y su primogénito, sin importar cuál fuera su sexo, se convertía en el heredero al trono.

Laila, la madre de Rakhal, murió al darlo a luz. Él era su único hijo, por lo que el país entero contuvo el aliento mientras el bebé, que había nacido prematuro, se aferraba a la vida. Durante un tiempo, pareció que las predicciones de antaño iban a hacerse realidad y que el reino de Alzirz se entregaría al rey de Alzan. ¿Cómo iba a poder sobrevivir un niño nacido tanto tiempo antes de que su madre saliera de cuentas?

Sin embargo, Rakhal no solo había sobrevivido, sino que se había convertido en un niño muy fuerte.

En Alzan, esa única ley era diferente. Allí, el rey podía casarse de nuevo a la muerte de su esposa, pero solo los hombres podían convertirse en herederos. Y, en aquellos momentos, Emir era el padre de dos niñas. Aquella noche, habría grandes festejos en Alzirz. El país estaba a salvo.

Por el momento.

Como ya había cumplido los treinta años, Rakhal no podía seguir posponiéndolo. Había tenido frecuentes discusiones con su padre sobre aquel tema, pero por fin había aceptado que había llegado el momento de elegir esposa. Una esposa con la que se acostaría solo en los días fértiles. Una esposa a la que solo vería para copular y en actos oficiales u ocasiones especiales. Esa mujer llevaría una vida lujosa y acomodada en una zona privada del palacio y se ocuparía de la educación de unos hijos a los que él raramente vería.

Emir sí vería a sus hijas...

Rakhal admitió el resentimiento que se apoderaba de él mientras pensaba en su rival, aunque no sentía celos. Sabía que él lo tenía todo.

–¿Se le ocurre alguna idea para el regalo? –le preguntó Abdul sacándole de sus pensamientos.

–¿Qué te parecen dos diamantes rosas? –sugirió Rakhal–. No. Tengo que pensarlo mejor. Quiero algo más sutil que los diamantes, algo que le haga retorcerse de rabia cuando lo reciba.

Por supuesto, Emir y él se mostraban muy corteses cuando se reunían, pero existía una profunda rivalidad entre ellos, una rivalidad que existía desde antes de que los dos nacieran y que se transmitiría a las generaciones venideras.

–Por una vez, disfrutaré eligiendo un regalo.

–Muy bien –dijo Abdul mientras recogía sus papeles y se preparaba para salir del despacho de la lujosa suite que Rakhal ocupaba en el hotel. Sin embargo, al llegar a la puerta, se dio la vuelta–. Va a llamar al rey, ¿verdad?

Rakhal le indicó que se marchara con un gesto de la mano. No respondió a su ayudante. Ya había dicho que hablaría con el rey y con eso bastaba.

Efectivamente, Rakhal llamó a su padre. Él era la única persona de Alzirz que no se sentía intimidado por el rey.

–Tienes que regresar inmediatamente –le exigió el rey–. El pueblo está inquieto y tiene que saber que tú has elegido esposa. Quiero marcharme a la tumba sabiendo que vas a tener un heredero. Tienes que volver y casarte.

–Por supuesto –respondió Rakhal tranquilamente. De eso no había duda alguna.

Sin embargo, se negaba a bailar al son que su padre le tocaba. Eran dos hombres fuertes y orgullosos que a menudo chocaban. Los dos eran líderes natos y a ninguno le gustaba que se le dijera lo que tenía que hacer. No obstante, había otra razón para que Rakhal decidiera mantenerse firme y siguiera insistiendo en no regresar a su país hasta el lunes. Si accedía a hacerlo inmediatamente, si cedía sin protesta alguna, su padre sabría sin lugar a dudas que se estaba muriendo.

Y así era.

Colgó el teléfono y cerró los ojos durante un momento. El día anterior, había tenido una larga conversación con el médico de su padre y, por lo tanto, sabía más que su propio progenitor. Al rey tan solo le quedaban unos pocos meses de vida.

Las conversaciones con su padre siempre eran difíciles. De niño, Rakhal se había criado con las niñeras y había visto a su padre tan solo en ocasiones especiales. Una vez, cuando ya era un adolescente, se había reunido con su padre en el desierto y había aprendido las enseñanzas de sus antepasados. Sin embargo, en aquellos momentos, su padre parecía querer controlar todos sus movimientos.

Aquella era una de las razones por las que a Rakhal le gustaba Londres. Le gustaba la libertad de aquella tierra extraña, en la que las mujeres hablaban de hacer el amor y exigían cosas de sus amantes que no eran necesarias en Alzirz. Por eso, quería quedarse un poco más.

Sentía una profunda afinidad con aquella ciudad de la que, por supuesto, jamás se hablaba. Por casualidad, había descubierto que él había sido concebido en aquel hotel, un breve respiro de las leyes del desierto que no solo le había costado la vida a su madre sino que también había amenazado al país del que muy pronto se convertiría en rey.

Se puso de pie y se acercó a la ventana. Observó la bruma, la ligera lluvia y las concurridas calles. No podía entregarse completamente a la atracción que suponía para él aquel país porque sabía que él pertenecía al desierto y que al desierto debía volver.

Los ecos del desierto lo reclamaban para que volviera a casa.

Capítulo 1

LA AGENTE de policía no podría haber tenido un aspecto más aburrido mientras le indicaba a Natasha cómo rellenar los formularios correspondientes.

No resultaba muy agradable que le hubieran robado el coche, pero tampoco era un desastre. Sin embargo, teniendo en cuenta todo lo demás de lo que tenía que ocuparse, precisamente ese día, Natasha podría fácilmente haberse echado a llorar.

Por supuesto, no lo hizo. Se limitó a hacer lo que debía. Así había sido aquel año. Su cabello, rojizo y espeso, estaba húmedo por la lluvia y goteaba encima del escritorio mientras inclinaba la cabeza. Se lo apartó de los ojos. Tenía los dedos helados por el frío. Si tenían que robarle el coche, podrían haberlo hecho un par de días después, cuando ella no se habría enterado.

Se suponía que Natasha debería estar pasando aquel horrible día preparando unas vacaciones. Era el aniversario de la muerte de sus padres y tenía que señalarlo de alguna manera. Se había mostrado decidida a seguir con su vida, pero, finalmente, había escuchado a sus amigas, que no hacían más que decirle que necesitaba un descanso.

Con su trabajo como maestra sustituta, le había resultado fácil tomarse una quincena libre. Aquel día había pensado ir a visitar el cementerio y luego marcharse a la casa de una amiga para reservar unas vacaciones baratas en el lugar más cálido que pudiera permitirse. En vez de eso, se encontraba en la comisaría, muerta de frío y tratando de no escuchar como la mujer que había a su lado denunciaba un incidente doméstico.

De repente, notó que la voz de la mujer policía se detenía en seco. Natasha levantó la mirada para ver como se abría una puerta que había al lado del mostrador. Vio como la agente se sonrojaba y, al mirar en la misma dirección que ella, comprendió el porqué. Acababa de entrar en la sala el hombre más guapo que había visto en toda su vida.

Era alto, moreno y de aspecto exótico. Su elegancia era tan evidente que hasta le sentaba bien la camisa rasgada y el ojo morado. Tenía el cabello revuelto e iba sin afeitar. La camisa rasgada permitía ver un hombro ancho y de piel morena. Mientras él dejaba de tratar de abrocharse los botones rotos de la camisa y se la metía por el pantalón, Natasha pudo ver un liso vientre, adornado con vello oscuro. En aquel momento, se dio cuenta de que le costaba recordar la matrícula del coche que había tenido durante más de cinco años.

–Tal vez debería sentarse para rellenar el formulario –le sugirió la policía.

Natasha estaba segura de que la agente tan solo se estaba mostrando cortés con ella, pero daba la casualidad de que Natasha le impedía ver claramente al exótico prisionero. Natasha disfrutó viendo como él se ponía el cinturón y se lo abrochaba y luego se calzaba los zapatos que le acababan de entregar.

–¿Está seguro de que no podemos llevarle a su casa? –le preguntó un sargento.

–No será necesario.

Su voz era profunda, masculina, adornada con un seductor acento. A pesar de las circunstancias, él parecía estar al mando. Tomó la americana que le ofrecía el sargento con altivez y la sacudió antes de ponérsela. El gesto resultó algo insolente, como si con él les estuviera diciendo a todos los presentes que él estaba por encima de todo aquello.

–Sentimos mucho el equívoco... –prosiguió el sargento.

Al ver que él se dirigía al banco donde ella estaba sentada, Natasha se concentró de nuevo en sus formularios. Cuando se sentó para atarse los zapatos, ella notó un delicioso y masculino aroma que, muy a su pesar, la obligó a levantar la mirada.

Se encontró con un rostro exquisito, con unos ojos que, a primera vista, parecían negros pero que, si se fijaba mejor, eran azules oscuros, como el cielo de medianoche. Él le permitió explorar la profundidad de su mirada antes de concentrar de nuevo su atención en los cordones de sus zapatos. Durante un instante, Natasha se sintió perdida, tanto que le resultaba imposible apartar la mirada. Seguía observándolo, con la boca ligeramente entreabierta,

–Como le he dicho antes, Su Alteza... –dijo el sargento.

Natasha abrió la boca de par en par. No era de extrañar que el sargento se mostrara tan sumiso. En aquellos momentos, se estaba produciendo un incidente diplomático en aquella sala.

–... lo único que puedo hacer es disculparme.

–Estaba usted haciendo su trabajo –dijo él. Tras atarse los cordones de los zapatos, se puso de pie. Su altura era impresionante–. No debería haber estado en ese lugar. Ahora lo comprendo, pero no lo entendí en su momento –añadió. Miró al policía y asintió, como si le estuviera dando su palabra–. Todo ha quedado olvidado. Ahora, necesito mi teléfono.

El rostro del sargento adquirió una expresión de alivio.

–Por supuesto.

Natasha se moría por saber qué era lo que había ocurrido, pero, desgraciadamente, ya había terminado de rellenar su formulario, por lo que se levantó y se acercó al mostrador para entregarlo. Notó los ojos de aquel desconocido sobre sus hombros mientras hablaba con la mujer policía. Cuando se dio la vuelta, las miradas de ambos se cruzaron por segunda vez. Brevemente, porque Natasha apartó la suya de inmediato. Le había parecido ver en aquellos ojos algo que no podía explicar lógicamente.

–Buenos días.

Aquellas palabras iban dirigidas a ella. Natasha se sonrojó antes de devolverle el saludo.

–Buenos días.

Él frunció los labios, casi imperceptiblemente. Parecía que la voz de Natasha le había resultado agradable, como si de algún modo hubiera ganado. Siguió mirándola. Ella experimentó una extraña sensación de peligro. El corazón le latía a toda velocidad. El instinto le decía que saliera corriendo, en especial porque aquella altiva boca había empezado a sonreír. Sin embargo, su cuerpo le decía todo lo contrario. Le pedía que saliera corriendo, pero hacia él.

–Gracias –le dijo a la policía que la había ayudado. Entonces, como no le quedaba más remedio, pasó al lado de aquel desconocido para dirigirse a la salida.

La tarea le resultó casi imposible. Nunca antes había sido tan consciente de su propio cuerpo. Aunque no podía saberlo, estaba segura de que él giraría la cabeza cuando hubiera pasado a su lado y sabía que él seguiría observándola mientras salía por la puerta.

Fue un alivio sentir la lluvia sobre el rostro. Nunca antes un hombre tan guapo se había fijado en ella. Natasha se alejó rápidamente de la comisaría. Al ver que se acercaba su autobús, echó a correr, pero desgraciadamente no consiguió llegar a tiempo a la parada. Corrió tras él durante unos inútiles segundos, imaginándose ya lo que iba a ver a continuación.

Trató de no mirar, de esconderse en la desierta parada del autobús, pero le resultó imposible. Él salió de la comisaría y bajó los escalones. En vez de arrebujarse en la chaqueta del esmoquin como hubiera hecho cualquiera para protegerse de la lluvia, levantó el rostro hacia el cielo, cerró los ojos y se pasó una mano sobre el rostro como si se estuviera duchando. De repente, él consiguió que aquel día mereciera la pena tan solo por aquella imagen. Natasha observó como él se llevaba el teléfono al oído y se daba la vuelta. Se dio cuenta de que estaba desorientado, pero vio que seguía andando hasta localizar el nombre del barrio en el que se encontraban en la placa que había sobre la esquina de la comisaría.

Un hombre como él no pertenecía a aquel lugar.

Se metió el teléfono en el bolsillo y se apoyó contra la pared. Entonces, se dio cuenta de que ella lo estaba observando. Natasha trató de fingir que no era así, pero, deliberadamente, no apartó el rostro. En vez de hacerlo, trató de disimular y siguió mirando hacia la calle, como si así pudiera conseguir que apareciera otro autobús. No obstante, seguía pudiendo verlo en su visión periférica. Sabía que él se había apartado de la pared y que se dirigía directamente hacia ella. El corazón de Natasha se aceleró al máximo cuando él llegó a su lado.

Se colocó demasiado cerca de ella, invadiendo su espacio personal, sobre todo teniendo en cuenta que los dos se encontraban solos en la parada y que contaban con todo el espacio necesario. Además, Natasha estaba segura de que él no necesitaba estar allí. Estaba segura de que su gente no le había recomendado a Su Alteza que tomara el autobús.

¿Qué estaba él haciendo allí? Ansiaba saber lo que había llevado a un hombre como él a la comisaría. ¿Cuál había sido el error?

—El marido regresó a casa.

Su profunda voz respondió la pregunta que ella no se había atrevido a escuchar.

Sin poder contenerse, Natasha dejó escapar una risita nerviosa y se volvió a mirarlo. Deseó no haberlo hecho. Su rostro, su aroma... Era demasiado guapo para una conversación trivial como aquella.

Algo en su interior le decía que sería mucho mejor que no hablara con él, pero le resultó imposible apartar la mirada de su boca cuando él siguió hablando.

—Pensó que yo estaba robando en su casa.

Rakhal miró los ojos verdes de aquella mujer y vio que ella se sonrojaba como le había ocurrido cuando los ojos de ambos se cruzaron en la comisaría. Entonces, ella esbozó una ligera sonrisa que se vio rápidamente reemplazada por secas palabras.

—Técnicamente lo estaba.

Ella volvió a mirar hacia la carretera. Rakhal luchó contra una extraña necesidad por explicarse. Sabía que lo ocurrido la noche anterior no lo dejaba en buen lugar, pero tenía que decírselo si quería poder conocerla un poco más.

Algo que deseaba plenamente.

Aquella mujer tenía una extraña belleza. Las pelirrojas jamás lo habían atraído, pero aquella desconocida le resultaba muy atractiva. Oscurecido por la lluvia, el cabello le caía en húmedos mechones sobre la trenca. Rakhal ansiaba secárselo, ver cómo emergían en él los tonos dorados y rojizos. Le gustaba mucho la palidez de aquella piel que tan fácilmente dejaba expresar sus sentimientos. En aquellos momentos, se estaba sonrojando una vez más.

—Yo no lo sabía. Por supuesto, eso no es excusa.

Aquella era la razón por la que le había asegurado al policía que no tomaría acciones legales. Ciertamente, aquella mujer tenía razón. Técnicamente, había estado robando y eso no le gustaba. Se podía morir cien veces antes de entender las reglas de aquella tierra. Había anillos de boda que algunos decidían no ponerse. Títulos que algunos preferían no utilizar. Mujeres que mentían. En realidad, a Rakhal esto lo confundía bastante. Como era tan guapo, muchos anillos de boda desaparecían en los bolsos cuando él entraba en una sala. Sin embargo, en aquellos momentos no le interesaba comprender regla alguna, sino entender a aquella mujer.

Se decantó por no andarse por las ramas.

—¿Por qué estaba usted en la comisaría?

Natasha sintió la tentación de no prestarle atención, pero eso solo indicaría más claramente el impacto que él había producido en ella. Decidió contestar como si fuera una persona cualquiera en la parada del autobús.

—Me robaron el coche.

—Eso debe de ser muy inconveniente —respondió Rakhal.

—Un poco —replicó Natasha. Era más que inconveniente, pero, por supuesto, él era un hombre muy rico. El hecho de que le robaran un coche solo podía resultar un pequeño inconveniente para él, pero para ella...–. Se suponía que me iba a marchar de vacaciones.

–¿En coche?

–No. Al extranjero –respondió. Se giró un poco hacia él porque le parecía una grosería seguir hablándole por encima del hombro.

Aquellos hermosos ojos expresaron confusión, como si estuviera tratando de entender el problema.

–¿Acaso necesitaba el coche para llegar al aeropuerto?

Resultaba más fácil decirle que sí y seguir esperando hasta que llegara el autobús.

Permanecieron en silencio hasta que un grupo de personas que iban a trabajar se acercaron a la parada, lo que hizo que él se pegara aún más a ella. Entonces, retomó la conversación justo donde la habían dejado, lo que provocó que ella se echara a reír.

–¿Y no podía usted tomar un taxi?

Natasha se volvió para mirarlo.

–Es algo más complicado que eso.

Efectivamente, era muy complicado. A decir verdad, en realidad ella no se podía permitir unas vacaciones. Le había prestado a su hermano Mark mucho dinero para ayudarle con sus deudas de juego, un problema que no parecía que fuera a desaparecer en un futuro cercano. Sin embargo, aquel atractivo desconocido no tenía por qué saber nada de aquello.

–¿En qué sentido?

–Simplemente lo es.

Él frunció el ceño. Evidentemente, esperaba que ella se lo contara todo. ¿Contarle sus problemas a un hombre que no conocía de nada? ¿A un hombre del que no sabía nada más que no respetaba las más mínimas normas sociales?

De hecho, había vuelto a ignorarlas. A medida que llegaban más personas a la parada de autobús, todos tuvieron que apretujarse un poco más para poder protegerse de la lluvia. Él le agarró un codo con la mano en vez de tratar de mantener una distancia respetable. Parecía querer protegerla de los demás. A pesar de que se podía considerar un gesto caballeroso, a ella le resultaba descortés.

Tan descortés como sus propios pensamientos. Sin poder evitarlo, pensó que, si llegaban más personas, tal vez él se inclinaría para besarla. Un pensamiento demasiado peligroso. Movió el brazo y se apartó de él. Cuando vio por fin su autobús, no estuvo segura de si era pena o alivio lo que sintió.

Levantó el brazo para que se detuviera y él hizo lo mismo. Inmediatamente, se dio cuenta de que él no lo había hecho para llamar al autobús, sino a una limusina negra con los cristales tintados. El coche puso el intermitente y se hizo a un lado.

—¿Puedo llevarla a su casa?

—¡No! —exclamó ella con la voz presa del pánico aunque no por aquel ofrecimiento. Si el coche se detenía, el autobús no podría hacerlo—. No puede aparcar aquí...

Él no comprendió la urgencia ni tampoco parecía capaz de abrir él solo la puerta del coche porque permaneció esperando hasta que un hombre ataviado con ropa de estilo árabe salió del coche y se la abrió.

—Insisto.

—Márchese —le suplicó Natasha, pero ya era demasiado tarde.

El autobús se marchó tranquilamente, sin detenerse

en la parada que el vehículo de aquel hombre había bloqueado. Natasha escuchó las protestas del resto de los que estaban esperando, aunque eso no parecía molestarle a él en absoluto.

–¡Me ha hecho perder el autobús!

–En ese caso, debo ofrecerme de nuevo a llevarla a casa.

Ella sabía que no debía aceptar aquella clase de ayuda de un desconocido, pero aquel hombre ejercía un extraño efecto en ella. Sabía que tenía razones para aceptar y declinar aquella oferta, como las enojadas personas con las que se quedaría y el frío y la humedad. Natasha podía justificarlas todas, pero lo que jamás podría justificar era la verdadera razón por la que se metió en el coche: la necesidad de prolongar aquella conversación, el deseo de no dejar que el tiempo que podía pasar con aquel exótico desconocido terminara.

En el interior del coche hacía mucho calor. Se escuchaba música árabe. El asiento era muy cómodo e, inmediatamente, comprendió que había entrado en otro mundo, en especial cuando un hombre con ropa árabe le ofreció una pequeña taza sin asa. Casi podía escuchar como su madre le advertía que no la aceptara.

–Es té –le informó Su Alteza.

Sí, su madre le había advertido muchas veces sobre situaciones similares, pero ella ya tenía veinticuatro años. Después de dudarlo un instante, aceptó la infusión, que era dulce y fragante. Además, resultaba mucho más agradable estar en aquel coche tan lujoso que morirse de frío en la parada del autobús. No obstante, no se relajó. ¿Cómo iba a poder hacerlo con él sentado frente a ella?

–¿Dónde vive?

Natasha no tuvo más remedio que darle la dirección. Después de todo, había aceptado que él la llevara a su casa.

–Perdóneme. Unas cuantas horas en una celda y se me olvidan mis modales –dijo él. Su inglés, aunque bueno, era lo único de él que no era del todo perfecto–. No me he presentado. Soy el príncipe Rakhal, heredero de Alzirz.

–Natasha Winters –replicó. No había mucho que pudiera añadir a eso. Sin embargo, el hermoso y altivo rostro del príncipe esbozó una pequeña sonrisa cuando ella añadió algo más–. De Londres.

La conversación resultó incómoda. Él le preguntó adónde había pensado ir de vacaciones. Se quedó muy perplejo ante el concepto de una agencia de viajes o de la reserva de unas vacaciones en Internet. A cambio, él le dijo que se encontraba en Londres por negocios y que, aunque viajaba allí a menudo, iba a regresar muy pronto a su hogar.

–Y ahora, yo la devuelvo a usted al suyo –dijo cuando el coche se detuvo frente a la casa de Natasha–. ¿Querría usted cenar conmigo esta noche? –le preguntó. No esperó a que ella respondiera–. La recogeré a las siete.

–Lo siento. Ya tengo planes.

Natasha se sonrojó un poco. Resultaba evidente que estaba mintiendo. Por supuesto que no tenía planes. Se suponía que se iba a marchar de vacaciones durante dos semanas, algo que ella misma le había dicho. De hecho, se sintió tentada a aceptar, pero se habían conocido en una comisaría y él lucía un ojo morado provocado por un marido afrentado. No hacía falta tener mucha imaginación para imaginarse que él querría mucho más que cenar.

Y ella también.

Se quedó atónita ante aquel pensamiento. Nunca antes un hombre la había afectado de aquella manera. Era como si algo latiera entre ellos, un pulso tangible que, de algún modo, los vinculaba. Él irradiaba una energía sexual, un poder, que provocaba que Natasha no se atreviera a bajar la guardia. Él no era la clase de hombre a los que ella estaba acostumbrada. Era más masculino que ningún otro hombre que hubiera conocido antes. Extendió la mano hacia la puerta.

—Espere —le dijo Rakhal. Extendió la mano y le agarró la muñeca.

Natasha sintió que el pánico se apoderaba de ella al pensar que tal vez él no la iba a dejar bajar del coche. Tal vez pudo ser simplemente el efecto de aquel contacto. Los dedos de él resultaban tan cálidos sobre su piel...

—Usted no abre la puerta.

Y parecía que él tampoco. El hombre de ropajes árabes que les había servido el té fue el que salió a abrir. Rakhal no le soltó la muñeca y ella permaneció a la espera sin saber exactamente qué esperaba. ¿Que volviera a invitarla a cenar? Tal vez él esperaba que ella lo invitara a pasar.

—Gracias por traerme a casa —dijo.

Tras mirar su hermoso rostro, aquella boca que resultaba tan tentadora, los ojos tan seductores y sugerentes... Se imaginó a ambos revolcándose entre las sábanas. Resultaba una visión muy peligrosa, por lo que retiró la mano y salió del coche.

Rakhal observó cómo ella se dirigía corriendo hacia su casa. Esperó a que ella hubiera entrado y entonces le hizo una señal al conductor para que arrancara. Todos se mantuvieron en silencio.

Abdul sabía que no debía cuestionar a Rakhal sobre el porqué había estado en una comisaría o cómo se había hecho aquellos hematomas. Un ayudante no debía cuestionar al príncipe heredero de un país. Se limitaría a ayudarle a hacer desaparecer los hematomas para que, cuando regresaran a Alzirz, no quedara rastro alguno de ellos.

En aquellos momentos, Rakhal tenía cosas más importantes en qué pensar. Jamás habían rechazado una invitación suya. Sabía que aquella mujer no era como las que él solía seducir. Sería una delicia hacerle cambiar de opinión, pero desgraciadamente se marchaba el lunes. Tal vez ella merecería la pena. Podría tratar de volver a verla la próxima vez que estuviera en Londres.

Para entonces, ya estaría casado. Y algo le decía que Natasha se mostraría incluso más distante con él por ello.

Ojalá hubiera aceptado su invitación.

Natasha no dejaba de pensar exactamente lo mismo. Acababa de rechazar una invitación a cenar del que podría ser el hombre más guapo sobre la faz de la Tierra. La pérdida de sus vacaciones y de su coche le parecían algo menor comparado con lo que acababa de negarse. Se acercó a la ventana y observó como la limusina se alejaba. Se tocó la muñeca, justo en el lugar en el que habían estado los dedos de él. Repasó la conversación.

Él se había mostrado muy cortés. Había sido su mente la que había imaginado cosas.

Estuvo arrepintiéndose todo el día mientras se ocupaba de la compañía de seguros de su coche. Luego trató de sonar contenta cuando una de sus amigas la llamó para decirle que acababan de reservar diez días en Tenerife por un precio increíble. Se marcharían aquella misma noche. Su amiga quería saber si Natasha estaba segura de que no quería cambiar de opinión y marcharse con ellas.

Natasha estuvo a punto de hacerlo, pero, en el último minuto, y con gran pena, rechazó la segunda maravillosa oferta del día.

Todas sus amigas le decían que las deudas de su hermano Mark no eran responsabilidad suya, pero en realidad sí lo eran. Natasha no le había hablado a nadie sobre el préstamo que ella había pedido para él, razón por la cual sus amigas no podían comprender que ella no quisiera marcharse con ellos de vacaciones.

A favor de Mark, había que decir que, desde que Natasha pidió el préstamo, él siempre le había pagado a tiempo. Por fin, Natasha estaba empezando a sentir que podía respirar, que tal vez por fin las cosas iban a empezar a mejorar. Al día siguiente, se debía realizar un pago. Decidió consultar su cuenta corriente *online*. La confianza que había empezado a sentir por su hermano desapareció cuando se dio cuenta de que él no había realizado ingreso alguno. Lo llamó inmediatamente.

—Lo tendrás la semana que viene.

Natasha cerró los ojos mientras escuchaba las excusas de Mark.

—Eso no me vale, Mark. Yo tengo que realizar el pago mañana. Y no puedo pagarlo, Mark. Me robaron el coche anoche. Cuando accedí a pedir este préstamo, me prometiste que jamás te retrasarías en el pago.

—Te he dicho que lo tendrás la semana que viene. No puedo hacer nada más. Mira, ¿cuándo vas a recibir el dinero del seguro del coche?

—¿Cómo dices?

—Has dicho que te habían robado el coche. Pronto recibirás el dinero. Eso lo cubrirá.

—Podrían encontrarlo —replicó Natasha—. Además, si

no lo encuentran, ese dinero es para comprarme otro coche –añadió. Aunque tenía mucho que reprocharle a su
hermano, estaba cansada de hablar de coches y de dinero precisamente aquel día–. ¿Vas a ir al cementerio?

–¿Al cementerio?

Notó la sorpresa que había en la voz de su hermano
y la ira se apoderó de ella.

–Es el primer aniversario, Mark.

–Lo sé.

Natasha estaba completamente segura de que se
había olvidado.

–¿Y bien? ¿Vas a ir?

Mientras su hermano le daba más excusas, Natasha
colgó el teléfono y se dirigió a su dormitorio. En vez de
ponerse a recoger, se sentó en la cama preguntándose
cómo todo podría haber salido tan mal. Un año atrás,
aquel mismo día, su vida había rayado la perfección.
Acababa de terminar sus estudios de Magisterio y estaba haciendo un trabajo que adoraba. Estaba saliendo
con un chico por el que estaba empezando a sentir algo.
Había estado ahorrando para independizarse de sus padres y también estaba muy contenta por ser una de las
damas de honor de la boda de su hermano.

En un año, todo lo que había conocido, lo que había amado, le había sido arrebatado. Incluso su trabajo. Como maestra de escuela infantil, había estado
haciendo una sustitución y estaban a punto de ofrecerle un puesto fijo cuando ocurrió el accidente de coche. Sabiendo que no podría ser la maestra que quería
ser mientras no se recuperara de aquella tragedia, rechazó la oferta de empleo. Se había pasado el año haciendo sustituciones mientras se ocupaba de los asuntos de sus padres.

El testamento había sido muy específico. La casa

familiar se vendería y todos los beneficios se dividi-
rían a partes iguales entre los dos hermanos.

Natasha había odiado todo aquello. Le había resultado muy difícil enfrentarse a la venta de la casa, pero
mucho más revisar todo el contenido de la vivienda.
Ella había querido tomarse las cosas con calma, tomarse su tiempo. Sin embargo, Mark había querido su
parte y la había obligado a acelerarlo todo. Jason, el
novio de Natasha, tampoco le había ofrecido mucha
ayuda. No se había sentido cómodo con el dolor que
ella sentía ni tampoco había podido ayudarla a supe-
rarlo. Para Natasha había sido un alivio terminar lo
que había entre ambos.

En aquellos momentos, un año después, sentada en
la pequeña casita que se había comprado y que aún
no le resultaba familiar, sentía que estaba viviendo
una vida que no le parecía la suya.

Decidió que las lágrimas no iban a cambiar nada.
Bajó a la planta baja y, tras tomarse una taza de café,
decidió llamar un taxi para poder pasarse antes por la
floristería a comprar unas flores.

No le gustaba ir al cementerio.

¿No se suponía que debía proporcionarle paz?

Miró la lápida y sintió ira. Sus padres se habían marchado demasiado pronto.

Como no encontró paz alguna en el cementerio,
tomó un autobús para regresar a casa. Una vez allí, se
dio un largo baño para entrar en calor. Sin poder evitarlo, comenzó a pensar de nuevo en Rakhal. Resultaba más agradable pensar en él que en los problemas
más cercanos. Se permitió un pequeño sueño...

¿Y si hubiera aceptado su invitación?

¿Qué se ponía una mujer para salir a cenar con el
príncipe heredero de Alzirz?

Seguramente, nada de lo que Natasha pudiera tener en su armario.

Entonces, cuando salió de la bañera y fue a vestirse, recordó el vestido, que aún tenía colgado en su funda. Nunca había sabido qué hacer con él. Debería haber sido su vestido de dama de honor para la boda de Mark y Louise, pero Louise había cancelado la boda una semana antes de la fecha. Mark se quedó destrozado. Fue entonces cuando empezó a apostar el dinero o, por lo menos, eso había sido lo que le contó a Natasha cuando fue a pedirle ayuda. Últimamente, había empezado a preguntarse si aquella habría sido la razón de que Louise cancelara la boda.

Se había enfadado mucho con Louise por destruir la vida de su hermano. La muerte de sus padres había sido algo devastador, pero la boda había supuesto un rayo de esperanza para todos. Mark y Louise llevaban años juntos y el hecho de que ella cancelara la boda había sido un duro golpe para Mark.

Sin embargo, Natasha estaba empezando a pensar si su hermano no habría sido el que se había destruido a sí mismo y si sus problemas con el juego y las apuestas serían menos recientes de lo que ella creía.

No había hablado con Louise desde que se canceló la boda. Louise era una mujer muy agradable y, por primera vez en mucho tiempo, Natasha estaba empezando a echar de menos a la que hubiera sido su cuñada.

Decidió sacar el vestido. Lo miró con añoranza, deseando que las cosas hubieran salido de otro modo.

Era dorado y muy sencillo. De corte recto y delicados tirantes. Decidió secarse el cabello y alisárselo antes de recogérselo tal y como lo habría llevado aquel día. Después, se maquilló lo mejor que pudo.

Entonces, sacó el collar y los pendientes de perlas de su madre y los miró durante un instante. Casi nunca se ponía joyas por la misma razón que no llevaba perfume: le irritaban la piel. Sin embargo, en aquella ocasión hizo una excepción y se puso las joyas. Una vez más, deseó que fuera su madre quien las llevara y ansió poder volver atrás en el tiempo.

Para no echarse a llorar, se miró en el espejo. El vestido era maravilloso. El cabello lo complementaba perfectamente y las joyas añadían el toque final. Si hubiera aceptado la invitación de Rakhal, aquello sería lo que se habría puesto. En aquellos momentos, sí era digna de un príncipe.

No podía olvidarse de él. ¿Por qué iba a hacerlo? Él había supuesto lo único digno en un día terrible.

Entonces, oyó que alguien llamaba a la puerta. Pensó que tal vez sería Mark para llevarle el dinero. Como estaba vestida tal y como habría ido a su boda, decidió comprobarlo mirando por la ventana. Se asomó a través de una rendija de la cortina y vio una limusina. Entonces, comprendió que se había equivocado.

En realidad, lo había sabido antes. ¿Acaso, inconscientemente, no se había estado vistiendo para él? No había podido dejar de pensar en la atracción que había existido entre ellos en todo el día, en el hecho de que él también la había sentido.

Y en aquellos momentos, Rakhal estaba en su puerta.

Capítulo 2

RAKHAL se había pasado todo el día intentando olvidar a Natasha. Había completado sus reuniones más importantes y luego había repasado su impresionante listado de contactos femeninos.

Aquella noche, no le apetecía ninguna de aquellas mujeres.

Si quisiera, hubiera podido regresar al exclusivo club de Londres que frecuentaba a menudo, donde se aseguraría una cálida bienvenida de un buen número de atractivas y jóvenes señoritas que estarían encantadas de pasar la noche en la cama de un príncipe.

Decidió no hacerlo.

Se dirigió al bar del hotel y se sentó. Casi inmediatamente, se le colocó delante un gran vaso de agua. Menos de dos minutos más tarde, apareció otra opción. Rubia. Hermosa. Sugerente sonrisa.

Con tan solo un gesto de la mano, podría haberla invitado a que se sentara a su lado.

Siempre era así de fácil para Rakhal, tanto allí como en su país.

Pensó en el harén que servía todas sus necesidades, el harén del que seguiría disponiendo incluso después de su matrimonio. De repente, se sintió muy cansado de que todo le resultara tan fácil.

Le hizo un gesto al camarero. Este se acercó rápidamente, dispuesto para servirle lo que deseara o llevarle a la rubia una copa de champán. Sin embargo, las órdenes de Rakhal fueron muy distintas.

El coche que había mandado llamar lo estaba esperando en la acera en aquellos momentos.

Volvió a llamar a la puerta. No tenía tiempo de juegos. Sin embargo, allí estaba. Aquella mujer llevaba ocupando sus pensamientos todo el día. Su primer rechazo llevaba todo el día escociéndole. Podría ser que ella estuviera ya con otro hombre, pero algo le decía que no era así. Natasha Winters tenía una timidez, un candor que le resultaban muy atractivos. Raramente se tenía que esforzar por una mujer. Tal vez había sido aquella novedad lo que lo había llevado hasta allí.

Decidió que la novedad se le pasaría muy rápidamente, pero aquel pensamiento se desvaneció en cuanto ella abrió la puerta.

Era como si ella lo hubiera estado esperando, como si, de algún modo, hubiera esperado aquella sorpresa.

Si antes le había resultado atractiva, en aquellos momentos su aspecto era exquisito. Con el cabello ya seco, su verdadero color quedaba por fin al descubierto. Tenía las tonalidades de un cielo invernal en Alzirz, como cuando el sol se duerme sobre el desierto rodeado de tonalidades rojizas y anaranjadas. Le habría gustado vérselo suelto, pero ya tendría tiempo de eso antes de que terminara la velada.

–¿Qué está haciendo aquí? –le preguntó Natasha con tanta tranquilidad como pudo reunir.

–Ya le dije que vendría a recogerla a las siete.

–Y yo le dije a usted que tenía planes –replicó ella. De repente, recordó que llevaba todo el día lamentándose por haber rechazado aquella invitación, todo el día deseando haber aceptado. Tenía una oportunidad más–. En realidad, mis planes han cambiado. Mi amigo no se encuentra bien.

–Bien, si sus planes han cambiado... –dijo él, aunque sabía que ella estaba mintiendo.

La decisión resultó fácil para Natasha. Rakhal estaba aún más guapo de lo que recordaba. Llevaba un traje impecable de color gris marengo, el cabello bien peinado y el hematoma de su rostro había adquirido una tonalidad morada. Natasha sintió deseos de estirar la mano para acariciárselo. Resultaba extraño el efecto que aquel desconocido producía en ella. Nunca antes un hombre le había hecho sentirse tan consciente de su feminidad.

Tragó saliva. También de su sexualidad, algo que ni siquiera Jason había conseguido. De repente, sintió una increíble desesperación porque la noche no terminara y estaba segura de que así sería si aceptaba aquella invitación.

–Iré a por mi bolso –dijo. Entonces, dudó. No sabía si debía invitarle a pasar–. ¿Quiere...?

–Esperaré aquí –le interrumpió Rakhal.

Quería que la noche empezara y no estaba seguro de si ella vivía sola. Si era así, no quería estropearlo todo besándola demasiado pronto, y eso le iba a costar mucho. Ya había empezado a notar una erección.

Natasha fue a buscar un bolso rápidamente. Metió su monedero y sus llaves. Entonces, se tomó un instante para comprobar su aspecto. Encontró una chaqueta que, en realidad, no le hacía justicia al vestido, pero, aunque había dejado de llover, hacía frío y no podía salir con los brazos desnudos. Se la puso y bajó las escaleras. Lo vio esperándola en el umbral de la puerta.

Después de que ella cerrara la puerta, se dirigieron juntos hacia el coche. En aquella ocasión, el chófer abrió la puerta. No había nadie más en el interior. Natasha se sintió muy nerviosa por estar a solas con él.

Se comportó como un perfecto caballero. Se sentó frente a ella y charló con ella cortésmente mientras el coche avanzaba. No dijo ni hizo nada que resultara incómodo. De hecho, ni siquiera realizó comentario alguno sobre el vestido que ella llevaba. Sin duda, estaba acostumbrado a ir acompañado de mujeres muy elegantemente vestidas.

Natasha se preguntó cómo habría reaccionado él si supiera que ella nunca se vestía así o si le hubiera abierto la puerta con unos vaqueros y en zapatillas. ¿Habría sido el resultado el mismo? ¿Habría esperado mientras ella se cambiaba? ¿Habría bastado con un atuendo más normal?

Lo dudaba.

No obstante, la había visto aquella mañana, completamente empapada y, aun así, la había invitado a cenar. Lo observó atentamente. Tenía la mano apoyada sobre el muslo, piel morena, manicura perfecta. Entonces, apartó la mirada cuando vio que él también la observaba a ella. De repente, le pareció que hacía demasiado calor en el coche. No tardó en reconocer que la causa no era la calefacción, sino su propio deseo. Cuando tomaron una curva y la pierna extendida de él rozó un poco sus pies, deseó que él se los levantara y, sencillamente, la sedujera.

Se detuvieron frente a un lujoso hotel. Cuando la puerta se abrió, Natasha comprobó que la gente se volvía a mirarlos. Se sintió incómoda, por lo que agradeció que él la tomara del brazo. Entonces, se aseguró que era Rakhal a quien miraban mientras entraban en el hotel y se dirigían hacia el restaurante.

Una vez más, todo el mundo los miraba.

Natasha sabía que no tenía nada que ver con ella porque el restaurante estaba repleto de elegantes mujeres. Era Rakhal el que atraía su atención. No era de extrañar. Mientras se sentaba, Natasha reconoció que su apostura, su elegancia y un modo de comportarse que no se podía aprender, eran totalmente merecedores de tanta atención.

Y, aquella noche, ella iba a cenar con él.

La mesa resultaba muy elegante con un mantel blanco y velas. Sin embargo, no era aquel lujoso ambiente lo que la intimidaba, sino la compañía en la que se encontraba. Tan insegura se sentía que comenzó a preguntarse si había hecho bien en aceptar aquella invitación. Estaba segura de que él era mucho más hombre de lo que ella podía manejar.

Los camareros se esmeraron en atenderlos mientras se sentaban a la mesa. Entonces, Rakhal ordenó que les llevaran champán.

—Para mí no, gracias. Yo preferiría beber agua —dijo ella declinando la oferta.

Sabía que él se podía permitir sin problemas pagar una botella de champán, pero quería sentir que él no tenía que pagar demasiado por lo que ella consumiera. Además, quería mantener la cabeza en su sitio, algo que en compañía de Rakhal ya le resultaba bastante difícil sin la influencia del champán.

Parecía que Rakhal también iba a beber solo agua porque canceló el champán y pidió agua helada para los dos. Entonces, centró toda su atención en ella.

—¿Eres alérgica a algo? —le preguntó—. ¿O acaso hay algo que no te guste comer?

—Ah —respondió ella. La pregunta resultaba bastante inusual—. Esperaré a echar un vistazo al menú. Gracias.

–Yo seleccionaré lo que vamos a tomar –afirmó Rakhal.

Natasha apretó los labios. No le gustaba que él tuviera intención de elegir lo que ella iba a cenar y así se lo dijo.

–Me gustaría esperar a ver el menú. Y yo puedo pedir sola lo que voy a cenar –le espetó–. Gracias.

–Estoy seguro de ello, pero le he pedido a mi chef que prepare un banquete, por lo que él necesita saber si hay algo que no desees o que no puedas comer.

–¿Tu chef?

–Me alojo con frecuencia en este hotel, por lo que me aseguro de que haya un chef de Alzirz. Naturalmente, cuando yo no estoy aquí, él cocina para el resto de los comensales, pero esta noche va a preparar la cena exclusivamente para nosotros. Por supuesto, puedo hacer que salga para que tú puedas indicarle tus preferencias si así lo quieres...

–No –susurró ella algo avergonzada por haber insistido tanto–. No será necesario.

Rakhal observó como se sonrojaba a la luz de las velas.

–Tal vez pueda hacer que alguien te anote los ingredientes para que puedas repasarlos –dijo. Estaba empezando a disfrutar de todo aquello.

–Por supuesto que no. Estoy segura de que todo estará delicioso. Había pensado que tú querías elegir por mí...

–Y así es –replicó él–. Esta noche, tú eres mi invitada y no deberías preocuparte de tomar decisiones. Si tú me invitaras a mí a cenar a tu casa mañana por la noche –añadió mientras ella se sonrojaba aún más vivamente–, tal vez me preguntarías mis preferencias, pero no me darías un menú. Prepararías platos que pensaras que iban a agradarme. Como yo no cocino, le he pedido a mi chef que haga lo mismo. Preparar platos con ingredientes traídos de mi país.

—¿Te traes los ingredientes de tu país? —le preguntó ella, completamente asombrada.

—Y también el agua —respondió Rakhal sin inmutarse—. Se me sirve agua de los manantiales de mi país.

Mientras se llevaba la copa a los labios, Natasha pensó que seguramente el champán costaría menos.

En aquel momento, un camarero les llevó el primer plato. Se trataba de una selección de salsas, pan y frutas. Rakhal le explicó en qué consistía.

—El agua es de un profundo manantial del desierto y yo siempre empiezo así una comida —dijo. Tomó un dátil y un pequeño cuchillo de plata—. Normalmente se sirven troceados, pero yo prefiero deshuesarlos yo mismo.

Hundió el cuchillo en la brillante fruta y sacó el hueso. Natasha sintió una extraña excitación cuando él volvió el dátil del revés y extrajo el hueso. ¿Cómo podía resultar tan seductor el hecho de que él deshuesara un dátil?

Los dátiles eran algo que se servía por Navidad. Frutos secos. No eran sexys.

Entonces, él lo mojó en una salsa y se lo ofreció a Natasha. Ella lo aceptó, tratando de tocar solo la fruta. Sin querer, rozó los dedos con los labios y tuvo que obligarse a retirarlo con rapidez para no capturar el sabor de su piel. Le asustaba el efecto que Rakhal tenía sobre ella, las cosas en las que le hacía pensar. Y lo peor de todo era que estaba segura de que él lo sabía.

—Se llama *haysa al tumreya* —le informó él con voz profunda y sexual, como si hablara solo para ella—. La palmera datilera es el árbol más importante. Da sombra en primavera...

Mientras comían, él le habló de los oasis del desierto, de las frutas, los melocotones maduros y de las berenjenas con las que se preparaba el *baba ganoush* del que disfrutaron a continuación. Tenía un sabor ahumado que a Natasha le encantó. Entonces, Rakhal le habló de los alimentos que crecían a los pies de las altas palmeras. Resultaba absolutamente encantado y parecía ser cada vez más guapo.

Rakhal tenía razón. Resultaba muy agradable que la mimaran, no tener que tomar decisiones, escuchar simplemente y hablar mientras compartían aquella deliciosa comida. Él le habló un poco de su país, de su vida en Alzirz. Natasha le contó un poco también sobre su vida.

—Mis padres murieron el año pasado en un accidente de coche. Tengo un hermano mayor que se llama Mark.

—Y él se ocupa de ti.

—Yo me cuido sola –respondió Natasha–. Ha sido un año difícil, pero me las he arreglado.

En aquel instante, los camareros les llevaron otro impresionante plato. Rakhal siguió hablándole de la tierra de la que él venía, sobre el palacio con vistas al mar y la vivienda en el desierto a la que se escapaba.

—Todo parece maravilloso...

—Te encantaría –le aseguró Rakhal. En aquel instante, se la imaginó allí. La joya de su harén.

Siguieron cenando. Cuando Rakhal no pudo escuchar lo que ella le decía, se levantó de su silla y acercó su silla para sentarse junto a Natasha. El postre era un plato compartido. Él volvió a darle fruta con los dedos. En ocasiones, Natasha se olvidaba de que estaban en un restaurante muy concurrido, de su propia inexperiencia bajo la mirada de un hombre tan experimentado. Ansiaba escuchar todo lo que él decía, lo que la empujaba a acercarse un poco más a él.

Para Rakhal, aquella noche fue también diferente. Normalmente, no le contaba a ninguna mujer cosas sobre su país, sobre su vida y sobre sus pensamientos. Con ella, la conversación resultaba agradable. Empezaron a hablar de tradiciones y él se mostró sincero con ella. Le dijo que algún día tendría que casarse y que regresaría a Alzirz para seleccionar a su esposa. Lo que no le dijo fue que aquello iba a ocurrir muy pronto.

—¿Y cómo eliges? ¿Tiene que ser rica? ¿Tal vez con sangre real?

—No necesitamos riqueza. Alzirz es un lugar diferente porque los reyes no tienen por qué casarse con alguien de sangre real. Mi abuela era la reina, pero mi abuelo era un hombre del desierto. Ella lo eligió por su sabiduría y su conocimiento. Cuando yo sea rey...

—¿No te da miedo que eso vaya a ocurrir?

—Yo nunca tengo miedo —replicó él mirándola con perplejidad.

Natasha estaba segura de eso. Jamás había conocido a un hombre tan seguro de sí mismo.

—¿Eres el hermano mayor?

—No tengo hermanos ni hermanas. Mi madre murió en el parto.

—Lo siento.

Rakhal no lo sentía. Había crecido sin su madre y, tal y como su padre le había explicado, no podía echar de menos a alguien que jamás había conocido. Sin embargo, cuando ella le expresó su pésame, algo se despertó dentro de él.

–¿Cómo era ella?

–Murió trayéndome a este mundo. ¿Cómo voy a saberlo?

Era un tema del que raramente se hablaba. De hecho, Rakhal solo recordaba algunas conversaciones en las que su madre se había mencionado de pasada. Como necesitaba saber más, había hablado en una ocasión con un viejo que vivía en el desierto y que, según se decía, tenía ciento veinte años. Sin embargo, aquella noche, era la primera vez que alguien le preguntaba directamente por su madre.

–Debes de saber algo...

–Era del desierto. De una tribu muy antigua con un raro linaje. Según me dijeron, era una mujer muy hermosa y muy sabia.

Le había contado demasiado o, al menos, más de lo que solía. Bajó la mirada y vio que sus manos estaban entrelazadas con las de Natasha. Él no solía darle la mano a nadie, al menos de aquella manera, por lo que reajustó el gesto a una manera en la que él se sentía más cómodo. Apretó el pulgar contra la palma de la mano de ella y le agarró la muñeca. Vio que Natasha se sonrojaba y, de repente, se sintió muy cansado de hablar. Quería acostarse con ella. Entonces, al ver que ella retiraba la mano, no trató de volver a atrapársela.

–Debería llevarte a casa.

Efectivamente, el restaurante estaba casi vacío. Se sintió muy desilusionado mientras cruzaba el vestíbulo del hotel junto a ella. Se había comportado como un perfecto caballero, pero aquella noche estaba llegando a su fin. Desgraciadamente, ella no iba a invitarle a entrar en su casa. Él lo comprendió y se dio cuenta de que aquella podría ser su última oportuni-

dad. Hizo que ella se detuviera y la giró para mirarla
a los ojos.

—¿Has disfrutado de la velada?

—Mucho.

—A mí me ha gustado mucho hablar contigo.

Natasha no comprendía lo raro, lo único que era
aquel cumplido. No comprendía que Rakhal no con-
versaba de temas profundos con las mujeres con las
que salía.

Él sonrió al ver que Natasha se sonrojaba. Se fijó
en las perlas que colgaban de los lóbulos de las orejas
y levantó la mano para capturar una entre los dedos.

—Son muy hermosas.

—Eran de mi madre. No suelo llevar joyas —respondió ella. A modo de advertencia, retiró la cabeza, pero
él no entendió la indirecta y atrapó la que le colgaba
sobre el pecho. Una perla más grande y más pesada.

—¿Por qué no?

—No me gusta —susurró. Casi no podía hablar, al
sentir las manos de él tan cerca, rozándole la piel—.
Me irrita... Sin embargo, hago excepciones para ocasiones como esta.

—Entiendo por qué. Las perlas son exquisitas.

Natasha apenas podía respirar. Se sentía atrapada,
arrinconada... aunque de un modo muy delicioso.

—En realidad, eran de mi abuela. Y de la madre de
ella antes de eso... —susurró.

Rakhal le tomó un mechón de cabello que se había
escapado del recogido y se lo coló detrás de la oreja.
Entonces, le acarició el cuello con los dedos. Natasha
sintió que el pulso se le aceleraba.

Él quería soltarle el cabello. Quería saborear su
boca en aquel mismo instante. Tal vez sabía cómo
aquel beso iba a afectarle a ella porque, antes de dár-

selo, la acercó contra una pared, a un rincón oscuro, oculto de las miradas de los otros huéspedes y de los empleados del hotel. Había tanto deseo, tanto sexo en su mirada, que Natasha se sintió completamente asustada.

–Tal vez debería...

Quería decirle que tal vez debería marcharse a casa, pero no pudo hacerlo. La boca de Rakhal ya estaba sobre la suya.

Él había elegido el momento muy cuidadosamente. Al principio, saboreó delicadamente los labios. Vio que los ojos de ella se abrían de par en par y, entonces, ya no pudo seguir mirando. Cerró los ojos y se dedicó a sentir. Sintió que ella se resistía durante un instante, antes de aceptar plenamente lo que estaba ocurriendo.

Efectivamente, ella lo aceptó. Resultaba muy agradable besarlo, más bien ser besada por un hombre como Rakhal. Su beso dominaba el miedo, la lógica, todos los procesos mentales. El beso la sorprendió, a pesar de llevar deseándolo toda la noche, porque superaba todo lo que ella había conocido, todo lo que había soñado. Los labios de Rakhal eran suaves, pero firmes, extremadamente insistentes. Las manos eran precisas. Le agarraron los hombros, como para inmovilizarla y poder besarla más plenamente. Entonces, sintió la lengua y notó el sabor pleno de su boca.

La respuesta de Natasha fue instantánea. Bajo el aroma de su colonia, notó una esencia más masculina que la desató por completo. Le llevó las manos al cabello y enredó los dedos en los sedosos y negros mechones. La boca se movía bajo las directrices de la de Rakhal y, cuando él supo que estaba lista, se apoderó un poco más de ella y profundizó el beso.

Entonces, el instinto, más que un plan preconcebido, se apoderó de él. Para Rakhal también era muy diferente aquel beso. El beso era importante en sí mismo y no por lo que iba a seguir.

Raramente se dejaba llevar. Cuando regresara a Alzirz, todas sus necesidades se verían satisfechas por su harén. No habría necesidad de besar, de excitar. El fin del acto sexual sería el placer de él. Entonces, se casaría y sí, tendría que besar y excitar a su esposa, pero con un objetivo muy diferente. Ella tendría que abandonar su cama dos días después. Después, mientras esperaba noticias sobre si el coito había sido fructífero, el harén se volvería a ocupar de sus necesidades.

Sin embargo, allí, en aquel país extraño, había reglas muy diferentes. Era un lugar en el que se besaba por placer.

Y menudo placer.

Le colocó las manos en la cintura y luego sobre las caderas para acercarla un poco más y dejar que ella notara su erección. Ella contuvo la respiración y, como si se hubiera olvidado de dónde estaban, se arqueó hacia él para sentirlo a través de la ropa...

Rakhal nunca sabría lo mucho que le había costado ordenarle a su cuerpo que se detuviera. Sintió que ella retiraba los labios. Tenía la respiración acelerada y las pupilas dilatadas por la excitación. Un instante más, y ella habría alcanzado lo más alto. Y sin subir a su suite.

—Te llevaré a casa.

Natasha estaba temblando. Rakhal comprendió que no debía meterle prisa. Natasha era virgen. Él estaba completamente seguro. Y aquella virginidad era una recompensa muy valiosa en la actualidad.

«Mañana», se juró.

En su última noche de soltero en Londres, se la llevaría a la cama.

De eso estaba completamente seguro.

Capítulo 3

EL TRAYECTO a casa no fue lo que ella había esperado.

Al entrar en la limusina, Natasha había esperado que se pasaría todo el tiempo tratando de mantenerlo a raya, especialmente porque en aquella ocasión él se había sentado junto a ella. Había notado la potente erección que él tenía y había saboreado la pasión en sus besos. Aún sentía en sus labios las deliciosas sensaciones experimentadas y tenía el cuerpo inquieto.

En una ocasión, el muslo de Rakhal rozó el suyo cuando el vehículo dobló una esquina, pero no ocurrió nada. Al contrario que Natasha, Rakhal parecía estar completamente tranquilo, incluso tal vez un poco indiferente. Ella se preguntó si él estaría molesto, si pensaba que lo había engañado. Ni siquiera estaba segura de si volvería a verlo, pero ansiaba desesperadamente que así fuera.

Él no intentó volver a besarla. Simplemente le dio un breve beso en la mejilla antes de que el conductor fuera a abrirle la puerta. Tampoco trató de conseguir que ella lo invitara a pasar.

Rakhal le deseó buenas noches. Vio la confusión en los ojos de Natasha, pero sabía exactamente lo que estaba haciendo. Aquella noche, ella yacería en su cama ardiente de deseo, recordando el beso, preguntándose si él la llamaría. Rakhal conseguiría que ella estuviera presa de la incertidumbre, mediría cuidadosamente las cosas. Cuando Natasha estuviera completamente segura de que lo había estropeado todo, cuando pensara que todo se había terminado entre ellos, el timbre de su puerta sonaría, se encontraría con flores y joyas que la apaciguaran y entonces...

Vio como ella descendía del vehículo, observó las curvas femeninas que acariciaría al día siguiente y, por segunda vez en su vida, decidió que iba a disfrutar eligiendo un regalo. La había besado vestida de oro y la poseería cuando fuera vestida de plata. Un vestido formaría parte de su regalo, aunque Natasha no lo sabía...

Ella se dijo que debería sentirse aliviada. Había disfrutado de una noche maravillosa, pero, a pesar de todo, se sentía desilusionada. Su cuerpo aún ansiaba las caricias de Rakhal.

Al llegar a la puerta, se volvió para despedirse de él con la mano. No pensaba pedirle que entrara en su modesta casa. Sin embargo, al ir a meter la llave en la cerradura, frunció el ceño. La puerta se abrió bajo el único peso de su mano. Inmediatamente, se dio cuenta de que la cerradura había sido forzada.

Rakhal, que estaba esperando a que ella entrara en la casa, frunció el ceño al ver que Natasha se volvía para mirarlo. Tenía una mirada urgente en los ojos y el miedo reflejado en el rostro. Inmediatamente, él descendió del coche.

Natasha no tuvo que decir nada. Con una mirada al pequeño recibidor, resultaba evidente que alguien había entrado en su casa a robar.

Rakhal entró en la casa por delante de ella y vio que todo estaba revuelto. Los cajones estaban por el suelo y habían rajado el sofá. Cuando Natasha hizo ademán de subir las escaleras, él se lo impidió agarrándola por la muñeca.

–Iré yo a mirar arriba –le dijo–. Tú vas a esperar en mi coche.

Rakhal sintió un profundo alivio por no haberse marchado antes de que ella entrara en la casa. Le preocupaba qué podría haber ocurrido si él no la hubiera invitado a cenar aquella noche. Empezó a subir las escaleras para comprobar por sí mismo que el intruso no seguía en el interior de la casa. Él no tenía miedo. Solo experimentó una profunda irritación al llegar a lo alto de las escaleras y comprobar que ella no le había obedecido. Natasha estaba tras él.

–Vuelve a bajar –le ordenó–. Te dije que esperaras en el coche.

Sin embargo, ella se le adelantó y abrió la puerta de su dormitorio. Lanzó un grito de horror. Rakhal se sintió furioso al ver que la cama estaba también rajada, el armario revuelto. Todo su contenido estaba extendido por el suelo.

–Quiero que bajes ahora mismo y esperes en el coche –repitió. El chófer había entrado en la casa. Al verlo, Rakhal se dirigió a él en árabe–. Vete con él –añadió refiriéndose a Natasha–. Estarás a salvo. Yo voy a llamar a la policía...

–Te ruego que no lo hagas –susurró ella–. Por favor, Rakhal. No quiero que llames a la policía.

–Tengo que hacerlo. Debes denunciar el robo...

–¡No! –exclamó con los ojos llenos de lágrimas. Le resultaba casi imposible poder creer lo que estaba pensando, pero estaba prácticamente segura de que era cierto–. Creo que eso es exactamente lo que mi hermano quiere que haga.

Le agradeció que estuviera allí, pero sobre todo que no hiciera preguntas. La abrazó durante un instante y luego la sacó de nuevo al coche. Allí, le sirvió algo en un vaso pequeño y añadió agua y hielo. En aquella ocasión, no se trataba de té.

—Es *arak* —le informó mientras se lo ofrecía.

Natasha dio un sorbo. Era una bebida muy fuerte y muy dulce, que sabía a anís. Se lo tomó lentamente mientras él hacía unas llamadas telefónicas, aunque no a la policía porque hablaba en su idioma.

—Van a venir algunas personas a la casa para asegurarse de que es segura —le dijo por fin—. ¿De verdad que no quieres que llame a la policía?

—No creo que vaya a denunciar el robo.

—¿De verdad crees que tu hermano te haría esto?

—En ese momento no sé qué pensar —admitió Natasha—. Sin embargo, si ha sido él, no sé si estoy dispuesta a denunciar a mi propio hermano.

El pánico se estaba empezando a apoderar de ella. Tal vez estaba equivocada. Tal vez se trataba de un simple robo.

—No sé qué...

—Ya te lo dije antes —le interrumpió Rakhal—. Esta noche no tienes que tomar ninguna decisión —añadió. Bajo ningún concepto iba a dejarla allí para que se enfrentara sola a lo ocurrido—. Vas a venirte conmigo a mi hotel.

Capítulo 4

YA SE están ocupando de todo.

Estaban de vuelta en el hotel, en su suntuosa suite, aunque Natasha no se había fijado en lo que le rodeaba. Estaba sentada mientras él realizaba otra llamada de teléfono. A pesar de la cálida temperatura que reinaba en la estancia, sentía tanto frío como si estuviera sentada en la calle. No era el robo lo que más le había disgustado, sino más bien el pensamiento de que Mark pudiera caer tan bajo. Sabía que en aquellos momentos estaba a salvo y que Rakhal se ocuparía de todo. Sin embargo, temía que precisamente por eso él tuviera algunas preguntas que hacerle. Le sorprendió que lo primero que él le dijo cuando colgó el teléfono fue informarle de lo que había hecho.

—Tengo a uno de mis guardaespaldas en tu casa —le explicó él—. Le he informado que no debe tocar nada. Así, tendrás tiempo para decidir qué es lo que quieres hacer. Ahora, debo volverte a hacer la pregunta. ¿De verdad crees que tu hermano es el responsable?

—Sí —admitió ella, con gran pesar. Le dolía pronunciar aquellas palabras, pero estaba ya cansada de cubrir todo lo que hacía su hermano.

—¿Por qué crees que sería capaz de aterrorizarte de este modo?

—Por dinero —contestó, aunque aún albergaba una

pequeña esperanza de haberse equivocado–. Voy a llamarlo para...

–¿Para qué?

–No sé... Tal vez esté equivocada. Tal vez se trata simplemente de una increíble racha de mala suerte que me roben el coche y entren en mi casa el mismo día...

Entonces, cerró los ojos y recordó lo que su hermano le había dicho sobre el seguro de coche.

–Te dejaré para que hables con él a solas –dijo Rakhal.

Natasha estuvo hablando con su hermano durante un minuto como máximo. Entonces, permaneció unos minutos en silencio hasta que Rakhal volvió a entrar. Ella le dedicó una débil sonrisa.

–No se trata de una racha de mala suerte.

–Lo siento. Entonces, ¿lo ha admitido? –le preguntó él.

–Por supuesto que no. De hecho, ni siquiera sospecha que yo creo que ha sido él. Simplemente lo he sabido por el tono de su voz, por las preguntas que me ha hecho...

–Natasha, ¿me puedes contar lo que está pasando?

–No es asunto tuyo –dijo ella. No se lo había contado a nadie. Sus amigas lo sabían en parte, pero jamás le había contado a nadie todo lo sucedido–. Es mejor que no te impliques.

–Me impliqué en el momento en el que tú me pediste que no llamara a la policía –replicó Rakhal. Entonces, miró el pálido rostro de Natasha y las lágrimas que le llenaban los ojos y, en ese momento, habló directamente desde el corazón–. Y tú eres asunto mío.

Así era.

Fuera lo que fuera lo que había ocurrido, aquel día

ya no iba a terminar como él lo había planeado. Sabía que aquello era mucho más que una de sus habituales aventuras de una noche. Sabía que incluso cuando ya estuviera casado, no podría olvidar a Natasha.

–Es complicado –dijo ella–. Mi hermano debía haberse casado hace seis meses –comenzó, a pesar de que no le gustaba hablar de asuntos familiares–. Una semana antes de la boda, Louise, su prometida, la canceló. Desde entonces, él parece haber perdido el rumbo. Cuando mis padres murieron, se vendió la casa familiar. Entonces, yo me compré mi casa. Bueno, en realidad solo me sirvió para pagar una parte porque tuve que pedir una hipoteca.

No le gustaba hablar de dinero con un hombre al que evidentemente no le faltaba. Le preocupaba que él pensara que le estaba pidiendo ayuda.

Rakhal se limitó a asentir y le indicó que siguiera hablando.

–Sin embargo, después de que rompiera con Louise, Mark quemó su dinero.

–¿Cómo dices?

–No literalmente –respondió ella–. Empezó a apostar, se compró un coche muy llamativo... Debe dinero a mucha gente. Hace un par de meses, yo pedí un préstamo en su nombre. Me lo dieron porque tenía la casa...

–¿Y te lo está pagando?

–Lo estaba... hasta este mes.

–Perdona un momento –dijo él. Su teléfono había empezado a sonar. Miró a ver de quién se trataba y luego respondió la llamada.

Natasha permaneció inmóvil mientras él hablaba en su idioma. Aprovechó el tiempo para pensar. Se sentía avergonzada y furiosa porque aquella noche perfecta hubiera tenido aquel final. Una vez más,

Mark lo había estropeado todo. Se sentía tan avergonzada que le dijo a Rakhal que se marchaba.

–¿Adónde vas?

–A mi casa –respondió ella–. Mira, gracias por una velada tan encantadora. Siento mucho el final que ha tenido.

–No te vas a ir a tu casa.

–Estaré bien...

–Natasha. Esa llamada era de mi asistente. Tu hermano acaba de ir a tu casa. Parece que está muy enfadado. Está buscando unas joyas. Dice que son suyas...

Natasha sabía que lo que su hermano había estado buscando eran las perlas que ella llevaba puestas aquella noche. Mark habría insistido en que ella las declarara robadas en la reclamación del seguro. Lo peor de todo era que, en el fondo de su corazón, Natasha sabía que, si ella no se hubiera puesto las perlas aquella noche, su hermano las habría vendido. Se sentía demasiado agotada para llorar, para pensar.

–Debes descansar –dijo Rakhal–. Te reservaré una suite.

–No necesito una suite –respondió Natasha–. Me basta con este sofá.

–Mis invitados no duermen en el sofá –le espetó él. No estaba de humor para discutir–. Ni yo tampoco.

–Te ruego que no...

Natasha se pasó una mano por la frente. No quería estar sola. Si ese era el precio que tenía que pagar... Recordó sus besos, el gozo que había encontrado entre sus brazos y comprendió que aquel era un precio que estaba completamente dispuesta a satisfacer.

Sin embargo, a Rakhal no le gustaba ganar de aquella manera. Cuando sonó el teléfono, vio que ella se sobresaltaba. La tensión le atenazó los rasgos mientras aceptaba la llamada.

–Eso no es asunto tuyo, Mark –le espetó a su hermano–. No me han robado mucho. Ya decidiré yo si llamo a la policía.

–Apaga el teléfono –le ordenó Rakhal. Estaba muy preocupado por ella. Como había visto que su plan no había funcionado, su hermano estaba muy contrariado–. No le has dicho dónde estás, ¿verdad?

–Solo le he dicho que me había registrado en un hotel. Él jamás se imaginará que estoy en este...

A pesar de todo, Rakhal no estaba dispuesto a correr riesgo alguno.

–Esta noche te quedarás aquí –le dijo. Había otro dormitorio en aquella lujosa suite y se lo mostró–. Ya me han preparado el baño, pero dátelo tú. Necesitas tiempo para relajarte. Yo tomaré primero una ducha...

Natasha permaneció en el salón mientras él se duchaba. Se sentía agradecida de que no la hubiera sometido a ningún tipo de presión, de que no la hubiera tomado entre sus brazos para reconfortarla, porque ella sabía muy bien el resultado que aquello habría tenido. Se alegraba mucho de que él hubiera estado allí, a su lado. No se quería imaginar cómo habría sido aquella noche si no hubiera conocido a Rakhal.

–Ya he terminado.

Él entró en el salón con una toalla blanca alrededor de las caderas. Natasha contempló el vello que había vislumbrado aquella mañana y los hematomas que lucía en el hombro por su enfrentamiento con la policía y con un marido afrentado. Tenía la piel húmeda, al igual que su cabello. En la que seguramente sería una de las peores noches de su vida, Natasha intuyó la posibilidad de una de las mejores. Al mirar a Rakhal, se le tensó la garganta. A pesar de estarle agradecida por no haber insistido, una parte de ella también lo lamentaba.

–Me voy a la cama –dijo él. Había notado el cambio que se había producido en ella, el deseo que había en sus ojos. También lo deseaba, pero se mantendría firme a la palabra que se había dado a sí mismo–. Tómate tu tiempo. Estás en tu casa.

Natasha dejó escapar un suspiro cuando él cerró la puerta del dormitorio. Entonces, se dirigió al cuarto de baño y se desnudó. Debería estar llorando o al menos asustada, pero cuando se miró en el espejo vio deseo en sus ojos. Era tan consciente de la cercanía de Rakhal...

Natasha había pensado que, dado que se había preparado hacía ya algún tiempo, el baño estaría frío cuando ella se metiera en el agua. Sin embargo, esta era cálida y fragante. No debía olvidar que, en aquellos momentos, estaba en el mundo de Rakhal. Y deseaba estar en su cama.

Rakhal también la deseaba. Permaneció despierto mucho tiempo, tratando de no pensar en que ella se estaba dando un baño. A pesar de que estaba acostumbrado a tener a una mujer en su suite, no podía dormir.

Escuchó los sonidos del agua que provenían del cuarto de baño. A pesar de la excitación que estaba experimentado, resistió. Siguió tumbado en la cama, disfrutando de la extraña sensación del deseo insatisfecho, saboreando su contención y anticipando la recompensa. Al día siguiente, la poseería.

No lamentaba lo que le había dicho antes a ella. En aquellos momentos, Natasha era asunto suyo.

Desgraciadamente, el lunes debía regresar a su tierra y el tiempo se le estaba acabando. Pensó en su harén, aunque concluyó que tal vez ella no se tomaría bien aquella sugerencia. Pensó también en tenerla como amante en Londres. Aquel pensamiento le resultó muy placentero. Le concedería todos los privilegios y le concedería un visado especial que le permitiría ir a visitarlo cuando ella quisiera. Oyó que Natasha pasaba junto a su puerta y se mordió los labios para no llamarla y comunicarle su decisión.

Se había jurado que sería al día siguiente.

Y un príncipe no rompía nunca un juramento.

Capítulo 5

NATASHA se despertó con el sonido del silencio. Se sentó en la cama y se tomó un instante pare recordar dónde estaba y todo lo que había ocurrido. Trató de encender la luz de la lámpara que había sobre la mesilla de noche, pero no funcionaba. A tientas, palpó la cama hasta que encontró el grueso albornoz, aún húmedo por el baño. Se lo puso y se levantó, caminado con los brazos extendidos hasta que encontró la ventana. Incluso tras abrir las cortinas, descubrió que no había nada que ver. Las calles estaban completamente a oscuras.

–Hay un apagón –le dijo Rakhal en cuanto salió del dormitorio–. Supongo que el generador debería estar a punto de entrar en funcionamiento.

La oscuridad era total. Natasha se sintió agradecida al notar que él se acercaba. Entonces, extendió la mano y se sintió algo incómoda cuando notó el tacto de la piel desnuda.

–Lo siento –dijo, a pesar de que deseaba seguir tocando. Apartó la mano y, a pesar de la oscuridad, estuvo segura que él estaba sonriendo por el nerviosismo que ella mostraba.

Sin embargo, Rakhal no estaba sonriendo. Hacía ya tiempo que sus ojos se habían acostumbrado a la oscuridad y podía ver como Natasha había separado ligeramente los labios. Se resistió a la urgencia de besarla a pesar de que el beso que habían compartido había estado volviéndolo loco toda la noche.

Notaba su olor. Era diferente. Efectivamente, el baño había sido preparado para él. El delicado aroma femenino de su piel se mezclaba con los exóticos aceites del desierto. Deseaba poseerla, deseaba permanecer en la oscuridad y, simplemente, dejarse llevar. Y podía hacerlo. Ya estaban en el día siguiente, en el mañana que se había prometido. Hacía mucho tiempo que habían pasado la medianoche. Por lo tanto, bajó la cabeza y le rozó suavemente los labios con los suyos. Ella apartó la cabeza solo un poco, hasta que volvió a buscarle de nuevo.

Rakhal siguió besándola suavemente. Eran los labios de Natasha los que insistían. Sin embargo, él no devolvió la presión hasta que la boca de Natasha comenzó a suplicarle. La besó en repetidas ocasiones hasta que, por fin, le concedió la ansiada caricia de la lengua. Se aseguró de que ella estaba deseosa de él, de sus caricias y, de repente, sin previo aviso, sin sugerirlo sutilmente, le deslizó la mano por el albornoz y le acarició un pezón que estaba erecto y expectante. Deslizó la palma de la mano sobre la suave piel hasta que sintió que, si no la sujetaba con la otra mano también, ella se desmoronaría al suelo.

Sin embargo, no lo hizo.

Dejó que ella se mostrara ansiosa, dejó que la toalla se le cayera al suelo y notó como Natasha se abría el albornoz para permitir que la erección de Rakhal le descansara sobre el vientre. En aquellos momentos, ella le había colocado los labios sobre el hombro y se apoyaba sobre él para recuperar fuerzas, pero Rakhal no se lo permitió. Le besó la oreja y le lamió el delicado lóbulo hasta que ella gimió de placer. Entonces, ella comenzó a explorar lo que muy pronto estaría dentro de su cuerpo. Rakhal le besó el cuello y saboreó las perlas, besó el pulso que latía aceleradamente bajo la delicada piel. Los dedos inexpertos de Natasha producían sensaciones sublimes. Le colocó la mano debajo de la cintura y lanzó una maldición cuando alguien llamó a la puerta.

De mala gana, ató de nuevo el cinturón de Natasha y recogió su toalla. Ella permaneció allí, ruborizada y excitada a la vez mientras Rakhal dejaba pasar a un mayordomo que iba cargado de velas y que deseaba asegurarse de que su más estimado huésped estaba bien. Atropelladamente, el hombre explicó que todo Londres se había quedado a oscuras.

Rakhal se sentía molesto con la intrusión, pero, afortunadamente, no tardarían en volver a quedarse a solas. De todos modos, decidió que el salón no era la habitación más conveniente, dado que habría tenido que llevarla a su dormitorio para buscar un preservativo y ponérselo.

–Vamos a ver la vista –sugirió. Le vendría bien un poco de aire fresco mientras el mayordomo se ocupaba de poner velas por toda la suite.

–¿Qué vista? –le preguntó Natasha. Todo Londres estaba sumido en la oscuridad. Tan solo se veían algunos coches en las calles proporcionando algo de luz. La oscuridad era total.

–Esta vista –respondió él.

Natasha levantó la mirada. El cielo estaba cuajado de estrellas. Cuanto más miraba, más veía. En aquel momento, se reveló ante sus ojos la majestuosidad del cielo bajo el que vivía.

–Es increíble...

–No es nada comparado con el desierto –dijo Rakhal, aunque tenía que admitir que la vista era maravillosa.

Se volvió para mirar a Natasha. Pudo ver el albornoz blanco y el brillo que había en sus ojos. Quería mostrarle todas las estrellas del desierto. Le habló sobre ellas. Le contó que, en la vivienda que tenía en el desierto, por la noche se apartaba el tejado para que él pudiera dormir bajo las estrellas como lo hacían los verdaderos habitantes del desierto. Eso no ocurría todas las noches, sino tan solo en las que él necesitaba pensar.

Le habló también de su tierra. Durante aquella pausa entre sus besos, Natasha tuvo tiempo de pensar. Supo que tenía que ser valiente. Había algo que él tenía que saber. Se avergonzaba al pensar cómo reaccionaría él.

–Rakhal... Tengo que decirte algo... –susurró apartándose ligeramente de él.

–No es necesario.

Él ya lo sabía.

–Tuve una relación... –dijo ella. Rakhal frunció el ceño aunque ella no lo vio–. Lo que ocurre es que... Yo nunca me he acostado con nadie. Él quería esperar hasta que estuviéramos casados.

Rakhal sintió que la piel de Natasha ardía bajo sus manos. Su respuesta fue sencilla.

–En ese caso, se debería haber casado contigo.

Natasha había pensado lo mismo aunque, en realidad, no había querido casarse con él. Más que eso, había deseado que él la deseara. Que no pudiera resistirse a sus encantos. Había querido un ardor que simplemente no existía.

Sin embargo, sí estaba en aquellos momentos.

–Sé que venimos de mundos muy diferentes –dijo

ella–. No espero que... –añadió. Resultaba muy violento decirle aquello a un hombre que solo conocía desde hacía un día.

Rakhal lo dijo por ella.

–Yo me casaré con alguien de mi país, pero, en estos momentos, puedo disfrutar contigo.

La disfrutaría también en el futuro porque tenía decidido que ella sería su amante. Sin embargo, no la deslumbraría. Le hablaría de sus costumbres y sería sincero con ella porque tenía intención de quedarse con ella.

–Esta noche, nos conoceremos y si sigues estando segura por la mañana...

Natasha ya estaba segura.

Se fueron al dormitorio de Rakhal y allí él abrió todas las cortinas. Entonces, hizo lo mismo con las ventanas. El aire apagó las velas hasta que solo quedaron las que había junto a la pared opuesta. Su luz iluminaba suavemente la cama. Él no se disculpó por la temperatura. Se limitó a quitarle el albornoz y a conducirla a la cama.

Natasha se echó a temblar, pero no del frío. Mientras él la besaba, decidió que, después de pasarse una parte de la noche dando vueltas en la cama, resultaba maravilloso poder estar desnuda junto a él.

Era tan corpulento y tan masculino... Natasha tan solo se arrepentía de no poder verlo bien. Sin embargo, sus manos se estaban saciando plenamente, tocando torso, hombros y vientre.

Mientras hablaba, Rakhal también la acariciaba.

Natasha quería saber de él, quería saber más de sus misteriosas costumbres. Aunque parecía extraño que estuvieran charlando mientras se acariciaban, sentía una profunda necesidad de comprenderlo, de aprender todo lo que pudiera mientras pudiera porque sabía que nada de aquello sería para siempre.

Estaban el uno frente al otro, besándose y charlando. El muslo de él estaba sobre el de ella y la mano en el rojizo cabello. La boca descansaba sobre el dulce cuello de Natasha y luego sobre el seno. Ella pensó en lo afortunada que sería su futura esposa de poder disfrutar de aquello todas las noches. Podría ser que lo dijera en voz alta, porque, de repente, escuchó la voz de Rakhal diciéndole que solo estaría con su esposa durante dos noches al mes.

—¿Solo te acostarás con ella en dos ocasiones?

Rakhal se echó a reír y levantó la boca del seno de Natasha.

—Mucho más de dos veces —explicó. Quería que ella aprendiera sus costumbres, que estuviera en Alzirz con él—. Durante dos días y dos noches estaremos juntos...

—¿Y después?

Natasha casi no podía respirar. La boca de él le estaba besando el seno. La sensación era tan sublime que casi no quería que él contestara. Sin embargo, Rakhal levantó los labios y sopló suavemente sobre la cálida y húmeda piel antes de hablar.

—Se la llevarán y le harán tatuajes de henna. Entonces, descansará mientras esperamos a ver qué pasa.

—¿Y después?

La mano de Rakhal estaba ya sobre el vientre de Natasha y avanzaba hacia sus más íntimos rizos.

—Si no hay embarazo, regresará de nuevo cuando esté en periodo fértil.

—Entonces, ¿esperarás que se quede embarazada? ¿Para poder volver a verla?

–No. Si está embarazada, no la veré hasta después del parto.

–Pero...

Natasha no lo entendía, pero Rakhal trató de explicárselo.

–Descansará y la cuidarán.

–Estoy segura de que ella preferiría estar contigo. Y tú con ella –dijo. No entendía cómo alguien podía casarse y estar separado de su cónyuge–. Entonces, ¿estarás meses sin... sin...? –tartamudeó. No se atrevía a decirlo.

–Sin verla –confirmó él.

–Me refería a... sin acostaros juntos –susurró. Tragó saliva al notar que los dedos de Rakhal descansaban ya entre sus muslos–. Sin sexo.

–Por supuesto que no –murmuró. La boca había vuelto a ocuparse del seno y la lengua lo estimulaba hasta hacerlo arder de deseo–. Tengo mi harén.

Natasha abrió los ojos y fue a apartarle la mano del lugar que estaba acariciando. El mero pensamiento de un harén le resultaba casi repugnante. Sin embargo, miró de nuevo las estrellas y, de repente, fue como si la mente se le abriera. Sentía una tensión en el estómago y quería escuchar sus explicaciones. Lo más extraño de todo era que aquellas costumbres la excitaban, unas costumbres que no comprendía pero que deseaba que le explicara.

–Cuéntame –susurró.

Rakhal había sentido que ella se tensaba y se arrepintió de haberle contado aquello tan pronto. Sin embargo, sabía que una noche con Natasha no le iba a bastar, por lo que tenía que contarle más verdades.

–Cuéntame –repitió ella mientras los dedos de Rakhal separaban los pliegues de su húmeda feminidad–. ¿A tu esposa no le importará que...?

–Se sentirá aliviada. Así no tendrá que soportar mis necesidades.

–Pero...

–Mi esposa será la única con la que me acostaré sin preservativo –le explicó mientras deslizaba los dedos hacia el interior–. Y solo haré esto con ella... Solo a ella le haré alcanzar el clímax. De otro modo, se me consideraría infiel.

Había un cierto honor en lo que decía.

–¿Y las mujeres del harén?

–Son para darme placer a mí, no para que yo se lo dé a ellas –dijo antes de bajar la cabeza y reemplazar los dedos con la boca–. No habrá nada de esto...

Separó las piernas y se entregó. No se iba a perder algo así. Aquella era la razón por la que adoraba aquella tierra. Cuando regresara a la suya, aquel dulce placer sería solo para su esposa. Saboreó, acarició con la lengua y sintió como ella le enredaba las manos en el cabello. Su esposa no sería tan osada como para pedirle más ni le suplicaría como Natasha lo estaba haciendo en aquellos momentos.

Natasha sintió que todas las tensiones del día quedaban anuladas por aquella boca. Después, permaneció tumbada, tratando de recordar cómo respirar. Las estrellas aún la estaban observando, al igual que los ojos de él. No. No quería esperar a la mañana.

Bebió agua de la jarra que tenía al lado de la cama. Entonces, le sirvió también a Rakhal un vaso. A continuación, trató de descansar y él trató de permitírselo, pero parecía que la noche no estaba dispuesta a dejar que esperaran a la mañana. Era como si las estrellas tuvieran otros planes para ellos y los estuvieran animando a cumplirlos.

El beso que Rakhal depositó en su hombro la hizo

temblar de anticipación. Natasha podría quedarse así para siempre. Una mano jugaba con su trasero. Rakhal no dejó de besarla mientras la otra jugaba con uno de sus pezones. La besaba mientras la acariciaba, la tranquilizaba, le decía lo que ella necesitaba escuchar. Le explicaba como, desde el momento en el que la vio en la comisaría, no había podido dejar de pensar en ella... Como, desde el momento en el que la conoció, la deseó.

Le dijo lo excitado que estaba mientras ella ardía bajo el peso de su cuerpo. Le acarició los hombros con la lengua para luego bajar hacia el torso y chuparle un seno. Entonces, le besó el pezón un largo tiempo, hasta que consiguió que su sabor se le quedara impreso en la lengua.

La piel de Rakhal era suave, su erección imponente y aterradora. Natasha sabía que iban a hacer el amor.

Con los dedos, él comprobó que ya estaba lista.

—¿Me dolerá?

—Un poco —contestó Rakhal mientras se colocaba un preservativo.

Se puso encima de ella. La erección acariciaba suavemente la entrada. Sintió la tensión que la atenazaba. Natasha estaba tensa y nerviosa. Movió los dedos hacia donde ya estaba completamente seca.

—No tenemos que... —susurró.

—Quiero hacerlo, pero tengo miedo.

—Guíame tú...

Natasha le rodeó con una mano. La firmeza de su masculinidad la aterrorizó aún más. El preservativo se le quedó en la mano.

—Me pondré otro...

No mostraba su impaciencia porque sabía que no ayudaría, pero Rakhal no estaba acostumbrado a tantas dudas. Sabía que, si interrumpía las cosas en aquel momento, la situación desaparecería. Por esa razón, por esa estúpida y alocada razón, se quedó donde estaba.

–Relájate –dijo. Sentía el deseo en el cuerpo de Natasha a pesar del seco desierto que tenía entre las piernas. Sin embargo, en aquellos momentos, sin el preservativo, ella parecía más dispuesta. Rakhal sintió que ella volvía a humedecerse. La besó apasionadamente–. ¿Mejor?

–Sí, mucho mejor –respondió ella. El pánico estaba desapareciendo y el deseo estaba volviéndose a adueñar de ella–. Lo siento...

–Natasha... –susurró Rakhal. Ella no tenía nada que sentir. Decidió que seguiría adelante un poco más mientras ella estaba húmeda–. Solo un poco...

Natasha gimió cuando él la penetró. Le dolía, pero, al mismo tiempo, la sensación era sublime. Él empujó y sintió tan solo resistencia física. Natasha lo deseaba. Se movió suavemente, de adelante atrás, hasta que ella le suplicó que la penetrara. Así lo hizo, separando su carne virgen. Ella le mordió el hombro y, en aquel instante, Rakhal creyó que iba a alcanzar el orgasmo. Le costaba oponerse a él, pero tenía que hacerlo. Aún no se había vuelto a poner el preservativo.

Decidió que lo haría en aquel momento, pero se hundió más ella.

Natasha sollozó porque le dolía. Le dolía porque era casi cruel tener a un hombre tan bien dotado como Rakhal como primer amante. Sin embargo, era una crueldad deliciosa, que no tardó en disfrutar en cuanto su cuerpo se acostumbró al de él.

–Un poco más –dijo Rakhal. Pensó que iba a morir por el placer que sentía al notar que los músculos de

Natasha lo animaban a seguir–. Estate quieta –le advirtió. El suave movimiento del cuerpo de ella lo llevó muy cerca del orgasmo.

Natasha lo intentó, pero jamás había sentido nada similar. Era una tortura no moverse con él, no menear las caderas tal y como le ordenaba su cuerpo. Se rindió. Levantó las caderas y él retrocedió. Entonces, casi cuando la punta del miembro de Rakhal estaba a punto de salir de su cuerpo, él volvió a hundirse en ella para volver a saborearla. Se dijo que tendría cuidado mientras la penetraba profundamente una y otra vez.

Natasha jamás se había dado cuenta de lo que se había estado perdiendo. Sintió la piel dorada de Rakhal bajo los dedos, la pasión animal que él trataba de contener. El orgasmo que él le había provocado anteriormente ya había quedado empequeñecido. Natasha sintió como su cuerpo se tensaba y, de repente, le pareció que iba a gritar.

–Rakhal –le advirtió. Estaba ya muy cerca.

–Déjate llevar –susurró él. Quería sentir como ella se corría sin protección.

Decidió que no la dejaría en Londres. La quería en su tierra. Ella formaría parte de su harén. Se excitaba con solo pensar que podría disfrutar de ella una y otra vez.

Natasha también estaba muy excitada. Levantó las caderas para frotarse más plenamente contra él. Rakhal se movía rápidamente dentro de ella. Los músculos de Natasha se contraían para apretarlo con fuerza. No tardó en encontrar el éxtasis entre los brazos de Rakhal.

A Rakhal le gustaba mucho el sexo, pero cuando alcanzó el orgasmo con ella, le pareció que no se parecía en nada a lo que hubiera experimentado antes. Se vertió dentro de ella...

Entonces, recuperó la cordura y se dio cuenta de lo que había pasado entre ellos.

Había hecho lo impensable...

Capítulo 6

NATASHA permaneció tumbada tratando de comprender lo ocurrido.

No había excusa que explicara aquella locura. Normalmente, ella era la persona más sensata del mundo. Incluso, según algunos, la más reservada.

Pero no con Rakhal.

Sus besos, sus caricias, sus palabras, la habían transportado a lugares en los que el pensamiento racional no tenía cabida.

Después de un momento, él tomó la palabra.

—Natasha, lo que ha ocurrido aquí... —susurró.

No sabía cómo explicarlo porque nunca antes había tenido aquella conversación. Aquella clase de cosas simplemente no le ocurrían a él.

—No debería haber ocurrido —dijo ella—. No hemos utilizado preservativo.

—Yo no he utilizado preservativo. El error ha sido mío.

Natasha se volvió para mirarlo. Al ver el duro gesto de su rostro supo que él debía de estar pensando que ella lo había atrapado de algún modo. Trató de buscar desesperadamente una solución. Respiró aliviada cuando creyó haberla encontrado.

—Hay una píldora...

Aquellos ojos azules oscuros se volvieron a mirarla, pero tenían una expresión inescrutable. Siguió explicándose en un esfuerzo no solo para tranquilizarlo a él, sino también a sí misma, como si hablar pudiera de algún modo borrar la locura que había tenido lugar en aquella cama.

Rakhal miró horrorizado a la mujer a la que acababa de hacer el amor. Aceptaba toda la responsabilidad por lo que había ocurrido. Ella era virgen y él tenía sangre real. Debería haber tomado medidas. Siempre las había tomado. Hasta aquel momento.

A Rakhal lo habían educado para que supiera permanecer tranquilo incluso en momentos de crisis. Agradeció esas enseñanzas. Sabía que Natasha no comprendía las implicaciones, pero el hecho de que ella hubiera hablado de una píldora que terminara con todo había provocado que las alarmas saltaran a su alrededor.

Sabía que ella no había tratado de cazarlo. Tenía una fuerza, una dignidad que, de repente, lo ponían muy nervioso. Era una mujer lo suficientemente independiente para ir por libre. Podría ser que incluso no le dijera que había un bebé. Si él se marchaba y la dejaba allí, podría ser que no lo supiera nunca.

No le contó lo que había pensado. Cuando habló, lo hizo con voz agradable y tranquila.

—Aún queda tiempo para que te tengas que preocupar por tales cosas —dijo tomándola entre sus brazos—. Ya te dije que no tienes que preocuparte por nada.

Natasha permaneció allí, tumbada, tranquila, dejando que él la acariciara mientras le decía que todo iba a salir bien. Se quedó dormida, aunque no fue un sueño reparador. Cuando se giraba o se movía, era como si Rakhal estuviera despierto y él volvía a tomarla entre sus brazos.

Al alba, escuchó como él se marchaba a otra sala en la que recitaba oraciones que ella no comprendía.

Natasha también rezó para pedir perdón por su error. Había sido un error sencillo y estaba segura de que todo saldría bien.

Oyó que él se daba una ducha y luego que hablaba por teléfono. Como lo hizo en árabe, no supo qué era lo que estaba diciendo.

A Rakhal no le gustó lo que tuvo que escuchar.

El hermano de Natasha había vuelto a aparecer y estaba furioso. Exigía las joyas y que ella llamara a la policía. Rakhal no podía dejar que ella regresara a su casa. Dio órdenes sin tener que repetirlas. Él solo necesitaba decir las cosas una vez.

Regresó al dormitorio vestido con un albornoz y sin afeitar. El hematoma del ojo había ido adquiriendo una tonalidad más grisácea. A pesar de todo, estaba tan guapo...

Se sentó en el borde de la cama y la miró.

—Mira, sobre lo ocurrido...

Natasha quería hablar sobre lo ocurrido. No estaba segura de poder tomar la píldora. Quería saber lo que él estaba pensando, pero Rakhal era de otra opinión.

—No hay motivo para preocuparse de eso ahora —replicó él—. Ocurra lo que ocurra, lo solucionaremos. Ahora, vístete. Quiero ayudarte a que te olvides de todo lo ocurrido. Te voy a llevar a desayunar a un sitio muy especial.

—No tengo nada adecuado que ponerme. Podríamos desayunar aquí.

—Sí —dijo él. Entonces, apartó la sábana y se dispuso a tumbarse en la cama. Entonces, cambió de opinión. Sonrió a Natasha, que permanecía cálida y desnuda sobre la sábana.

Ella se contoneó de placer cuando Rakhal le acarició las caderas muy suavemente.

–¿Por qué no vamos a desayunar a algún sitio un poco especial? ¡A París!

–No seas... –susurró ella–. No tengo nada que ponerme. Ni siquiera tengo mi pasaporte. Es imposible. No podemos...

–¿Y por qué no? –repuso él–. Tengo avión privado. Podríamos estar allí dentro de un par de horas. Tal vez podríamos ir a almorzar. Haré que te suban algo de ropa y enviaré a alguien a por tus documentos. También haré que mi gente ordene tu casa. No quiero que lo pases mal...

Natasha pensó en su casa, en el desorden y en el caos al que habría tenido que regresar. Deseó disfrutar un poco antes de volver a su vida. Necesitaba esa vía de escape. Junto a él, siempre se olvidaba de ser sensata. Asintió inmediatamente.

Eligio ropa de entre una selección de prendas de una de las boutiques del hotel que Rakhal hizo subir a la suite. Se decantó por un vestido gris claro con un abrigo largo a juego. El hotel también envió a alguien para que la peinara y la maquillara. Era el colmo de la decadencia.

Tanto lujo debería haberla puesto nerviosa, pero Rakhal se ocupó de tranquilizarla. La aprobación que ella vio en sus ojos al salir del dormitorio y el beso en la garganta antes de que se marcharan al aeropuerto le recordó brevemente lo que había ocurrido la noche anterior. Sin embargo, Rakhal tenía otros planes.

Pasaron del coche al avión. El personal que los saludó no indicó de modo alguno el caos que aquel cambio de planes tan rápido había causado.

–Su Alteza.

El hombre ataviado con ropa de estilo árabe que estaba en el coche la mañana del día anterior estaba en el avión. Se inclinó ante Rakhal y le besó la mano. Entonces, saludó con una inclinación de cabeza a Natasha antes de desaparecer en la parte delantera del avión.

–¡Es increíble! –exclamó ella. Realmente lo era. Había un escritorio y amplios sillones de cuero, un bar e incluso una cama. El lujo de aquel avión iba más allá de una suite de hotel–. ¡Si hasta tienes escritorio!

–Vuelo con mucha frecuencia –explicó Rakhal–, y a menudo tengo que trabajar. Pero hoy no –añadió con una sonrisa–. Deberíamos sentarnos. Vamos a despegar muy pronto.

Mientras despegaban, Rakhal le dio la mano. Estarían en París en una hora. Eso era lo que les había explicado el capitán cuando el avión estuvo en el aire.

–Yo debería cambiarme –dijo Rakhal. Entonces, levantó la mirada cuando la azafata se les acercó para ver qué querían desayunar–. Solo zumos y bollos –le ordenó–. Vamos a comer cuando aterricemos. Eso si te parece bien –añadió mirando a su invitada.

–Por supuesto –respondió ella. Entonces, miró a su alrededor.

Rakhal vio que los ojos de Natasha se detenían en la cama.

–¿Por qué no te tumbas un rato? –le sugirió.

Natasha jamás volvería a tener la oportunidad de volver a disfrutar de aquel lujo. Mientras Rakhal se dirigía al cuarto de baño, decidió que, efectivamente, era un lujo tumbarse en la cama, cerrar los ojos y descansar sobre suaves almohadas mientras el avión los transportaba.

Cuando se despertó, le pareció que llevaba horas durmiendo. El avión parecía estar más oscuro. Las pantallas de las ventanillas estaban bajadas. Se estiró

perezosamente y se sorprendió un poco al ver a Rakhal, sentado frente a su escritorio y trabajando en el
ordenador junto a su ayudante Abdul. No iba vestido
con el traje con el que ella estaba acostumbrada a
verlo, sino que se había puesto una túnica y tenía una
kufiya en la cabeza. Tenía un aspecto muy distin-
guido, muy imponente. Sin embargo, antes de que
Rakhal se volviera para mirarla, Natasha comenzó a
comprender la verdad de su situación.

–¿Cuánto tiempo falta para que aterricemos? –preguntó, tratando de negar lo evidente. Algo así no podía estar ocurriéndole a alguien como ella.

–Un par de horas –respondió Rakhal. Ni siquiera
trató de mentir.

–¿Y cuánto tiempo llevo dormida?

–Un rato.

Trató de mantenerse tranquila, pero el miedo había
comenzado a apoderarse de ella. Se levantó rápidamente de la cama y se acercó al escritorio para enfrentarse a él.

–No puedes hacer esto. ¡No me puedes llevar así,
contra mi voluntad!

–No me dejaste más remedio –replicó él. No parecía afectado por el ataque de histeria de Natasha. Ella
había empezado a gritar y a golpearle con las manos.
Se limitó a agarrarle las muñecas–. Se trata de prote-
ger lo que es mío.

–Yo no soy tuya para que tengas que protegerme.

–Eso aún está por ver.

En ese momento, Natasha comprendió que aquello
no tenía nada que ver con ella.

–Con todo lo que está pasando y las cosas que tú
estabas sugiriendo, no podía dejarte –dijo. Para él era
algo muy lógico–. Si te he dejado embarazada, nece-

sito estar seguro de que te cuidas y de que no haces nada que ponga en peligro la existencia de ese niño. Te quedarás en el palacio, donde se te cuidará bien y se te proporcionarán los mejores cuidados.

–¿Y dónde estarás tú?

–En el desierto. Pronto voy a tomar esposa. Debo ir allí para dedicarme a la contemplación y a la meditación. Esperaremos a ver qué es lo que pasa contigo. Por supuesto, si no estás embarazada, podrás regresar a casa.

Natasha sentía que la histeria estaba apoderándose de ella. Quería abofetearle. Quería salir corriendo hacia la puerta de emergencia, pero él aún la tenía sujeta por las muñecas. No había nada que ella pudiera hacer.

–¿Y si lo estoy? –le preguntó, aunque ya sabía la respuesta.

–Si estás embarazada, no habrá duda alguna –respondió él, sin inmutarse–. Por supuesto, nos casaremos.

Capítulo 7

CUANDO aterrizaron, ya había oscurecido. Natasha pudo ver el palacio, irguiéndose en medio del desierto. Se sintió completamente aterrorizada al sentir que el avión había tomado tierra en un país del que ni siquiera había oído hablar hasta el día anterior.

Habían estado viajando durante horas. Cuando Natasha se calmó, se había sentado en una butaca para mirar en silencio por la ventana. Durante un tiempo, le pareció que volaban por encima del océano. Le había parecido ver las olas. Sin embargo, pronto se dio cuenta de que lo que la luna llena estaba iluminando era el desierto. Le había mostrado la lejanía de la tierra de la que Rakhal sería rey un día. La tierra a la que la había llevado contra su voluntad.

Una azafata le ayudó a ponerse una túnica que la cubría de pies a cabeza y que solo dejaba al descubierto sus ojos. Cuando bajaron del avión, recorrieron en coche la corta distancia que separaba el palacio del lugar en el que habían aterrizado.

Natasha sabía que sería inútil oponerse. No le serviría de nada gritar y patalear. Aunque pudiera escaparse, no tenía ningún sitio al que ir. Lo único que podía hacer era permanecer tranquila y que pareciera que se había rendido a él.

Con sus ropajes de estilo árabe, Rakhal tenía un aspecto misterioso e imponente. Una vez más, Natasha maldijo su estupidez y la confianza que había depositado en él. Rakhal estaba flanqueado por varios hombres que hablaban en voz baja mientras que Natasha estaba rodeada por un grupo de mujeres. Caminaban rápidamente atravesando un fragante jardín. Rakhal solo se dirigió a ella cuando estuvieron en el interior del palacio.

–Tomarás un refrigerio con las doncellas. Mi padre me ha ordenado que vaya a hablar con él.

Por primera vez, Natasha vio que había tensión en su rostro, aunque su voz era tan altiva y firme como siempre. Tal vez notó el miedo que la atenazaba porque, antes de irse, trató de reconfortarla.

–Natasha, comprendo que tengas miedo. Esto debe de ser abrumador para ti, pero espero que sepas que yo jamás te haría daño.

–Ya lo has hecho –le espetó ella–. Las mentiras también duelen, Rakhal. Me mentiste para meterme en ese avión. No intentaste hablar conmigo ni explicarme lo que deberíamos hacer.

–No podía haber discusión alguna. Tus palabras no me dejaron más remedio que actuar –afirmó él–. Ahora, voy a hablar con el rey. No ocurre con frecuencia que un príncipe heredero regrese a su país en circunstancias como esta. Por el momento, esperarás.

Efectivamente, a Natasha no le quedaba más remedio que esperar. Se sentó mientras Rakhal salía de la sala con aire misterioso y distante. Se había convertido en un desconocido.

A Rakhal no le gustaba dejarla sola. Era consciente de lo aterrada que ella debía de estar, pero no le había quedado más remedio que llevársela a su país. En otra ocasión, podría haber esperado a ver cómo las cosas se desarrollaban en Londres, pero ya estaban empezando las celebraciones en Alzirz. El príncipe heredero debía ir al desierto para meditar sobre el futuro de su país, para pedirle consejo sobre la elección de su futura esposa, no ir al despacho de su padre para discutir con él.

Estaba completamente preparado para el enfrentamiento cuando un sirviente abrió la puerta del despacho de su padre. Preparado para una fuerte discusión con él. Sin embargo, nada, nada en el mundo podría haberlo preparado para lo que vio.

Agradecía su brutal entrenamiento, las palizas que había tenido que soportar en el desierto, las crueles lecciones que se había visto obligado a aprender porque su rostro se mantuvo inmutable al ver la frágil sombra de un hombre que, en el pasado, había sido tan fuerte y al que le costaba ponerse de pie.

Besó a su padre en ambas mejillas, tal y como era su costumbre, pero ese gesto no era producto del afecto, sino simplemente el modo en el que se hacían las cosas.

Esperó que su padre le recriminara su comportamiento, que le dijera que era un necio. Sin embargo, su padre se limitó a toser sin parar mientras Rakhal esperaba. Se sentía furioso con el médico de palacio, que le había dicho que aún quedaba mucho tiempo. Ese era el problema con los empleados más leales. Seguramente el estimado doctor no quería enfrentarse a la verdad, la verdad que estaba frente a Rakhal. La verdad que él, claramente, podía ver.

Muy pronto sería el rey.

—Pensaba que te irías directamente al desierto —dijo el rey con voz débil tras volver a sentarse.

—Me marcharé en breve —respondió Rakhal. Tenía

la voz ronca y un picor en la nariz mientras miraba al hombre que había sido tan fuerte y orgulloso. Trató de dirigirse a él como si siguiera siéndolo.

–Entonces, ¿por qué has venido a palacio? –le preguntó el rey mientras empezaba de nuevo a toser–. Estás perdiendo el tiempo –añadió. Vio que su hijo fruncía el ceño, el único sentimiento que había puesto en evidencia desde que entró en el despacho–. Solo dispones de dos días para yacer con esa mujer. Has perdido muchas horas viajando.

–Esa no es la razón por la que he traído aquí a Natasha –respondió Rakhal tras comprender a lo que se refería su padre–. Te aseguro que lo que ocurrió ayer fue un error. Si Natasha no está embarazada, tengo intención de elegir una esposa de Alzirz, una mujer que comprenda nuestras costumbres, que se sienta orgullosa de dar a luz a nuestro futuro gobernante. Sé que el pueblo no lo tomará bien. Soy consciente de ello...

–Se apaciguarán si hay un heredero...

–Natasha podría ser una mala elección –dijo Rakhal. Sus palabras sonaban duras incluso para él, pero resultaba imprescindible que su padre lo entendiera, tanto por el bien de Natasha como el del país. Sin embargo, su padre tenía otras ideas.

–Ya has hecho tu elección –le interrumpió el rey–. La tomaste cuando yaciste con ella sin protección.

–Fue solo una vez.

–Necesita haber más –le dijo el rey mirándole a los ojos–. El desierto debe tener su papel en esto.

Por primera vez, Rakhal vio miedo en los ojos de su padre.

–Ya ignoramos sus reglas en una ocasión...

–Padre –le interrumpió Rakhal–. La muerte de mi madre no tuvo nada que ver con eso.

La lógica y sus conocimientos se lo decían. Sin embargo, su voz flaqueó.

–Tú fuiste concebido en Londres –le dijo el rey–. No se siguieron ninguno de los rituales. Durante semanas, no supimos que tu madre estaba embarazada y mira lo que pasó. Rakhal, tú sabes mejor que nadie que las costumbres del desierto no siempre se pueden explicar. Yo provengo de un linaje real puro. Tu provienes de un linaje real y del desierto. ¿Eres tan valiente como para poner a prueba tus modernas teorías con tu propio hijo?

Por primera vez desde que se habían reunido, la voz del rey sonó más fuerte. Se puso en pie para enfrentarse a su hijo.

–En el pasado, yo también fui joven y valiente como tú. Hice las cosas a mi modo en vez de como mandan las tradiciones y mira lo que ocurrió. Tu madre murió en el parto. Tú naciste tan pequeño que no se pensaba que fueras a sobrevivir. El desierto nos enseñó una lección muy cruel, pero nos dio una oportunidad de redimirnos. Tú eres esa oportunidad, Rakhal. Ahora, vete y haz que la unjan y la preparen.

Rakhal abrió la boca para protestar, pero el rey volvió a tomar la palabra.

–Y mañana, le harán los tatuajes de henna y la obligarán a descansar.

–Ahora, es mejor que se quede en el palacio.

–¡No! –exclamó el rey–. Tu papel es el de protector. Aquí, ella se sentirá aterrada sin ti. Permanecerá en el desierto contigo hasta que tengamos una respuesta.

Rakhal se quedó atónito ante esa perspectiva. El tiempo que debía pasar en el desierto antes de seleccionar una novia era para dedicarlo a la contemplación. Por la noche, se podía dejar llevar por las necesidades de su cuerpo, gozar con el harén para luego regresar a las celebraciones y elegir esposa. Era impensable que pudiera tener a Natasha en el desierto con él, en especial si no podía estar con ella, algo que le estaba prohibido. Cuando se le hicieran los tatuajes de henna, su cuerpo ya no sería para él.

–Ella no pertenece al desierto.

–Ella no pertenece a esta tierra.

Por primera vez, Rakhal notó la ira de su padre.

–Sin embargo, nos ocuparemos del problema y no de la causa. Harás bien en recordar eso. Tal vez tu elección no fuera la más sabia, pero el pueblo te lo perdonará pronto si la unión demuestra ser fructífera. Si no, el pueblo no tendrá por qué saber que...

–¿Y por eso la quieres oculta en el desierto?

Su padre era más anciano y más sabio. Sin embargo, él aún tenía más respuestas.

–No puedes ocultarla en el desierto –respondió el rey–. Mi esposa, tu madre, me lo dijo. El desierto siempre revelará la verdad. Allí, hay doncellas esperándola. Ellas me mantendrán informado, igual que Abdul. No habrá más discusión.

El rey miró a su hijo a los ojos. A Rakhal no le gustó lo que vio. Aquellos ojos, que habían sido negros, tenían un aspecto apagado y lechoso. Sin embargo, su padre permaneció firme.

–Sigo siendo el rey.

–Y un día lo seré yo –replicó Rakhal, pero su padre se negó a cambiar de opinión.

–Ahora vete –le ordenó a su hijo. No obstante, cuando Rakhal llegó a la puerta, le ordenó que se detuviera–. ¿Te has enterado de las noticias de Alzan?

–¿Lo de las gemelas?

–No. Lo de su esposa.

Al escuchar aquellas palabras, Rakhal se dio la vuelta.

–¿Su esposa?

–Hay rumores que dicen que la reina estuvo muy mal durante su embarazo. Que podría tener consecuencias fatales que tratara de volver a concebir.

–¿Y eso te lo ha dicho una fuente fiable?

–Por supuesto. Y lo ha confirmado la más fiable de todas –replicó el rey–. Por supuesto, no lo dijo directamente. Jamás lo hace.

Rakhal supo que su padre se refería al viejo ermitaño del desierto.

–Sin embargo, ve no solo una prueba, sino dos... dos pruebas que nos dividirán para siempre o que volverán a reunir Alzanirz. Tal vez esa prueba sean las gemelas. Por supuesto, el emir no va a desperdiciar su aliento pidiéndome que me olvide de las leyes y que permita que una princesa gobierne Alzan.

–Nosotros si permitimos que una princesa gobierne Alzirz –dijo Rakhal–. Si Natasha está embarazada, si ese regalo es una hija, ella será reina algún día.

–Razón por la cual Alzirz seguirá existiendo –replicó el rey con una sonrisa. Sin embargo, no tardó en helársele en los labios y los ojos se le llenaron de odio–. ¿Acaso revocó el emir la ley cuando mi esposa murió? –añadió con amargura–. No. En vez de eso, el peso entero del futuro del país cayó sobre ti y ahora es el momento de que aceptes ese peso como un hombre, como el príncipe que eres, y que te asegures que nuestro país sigue existiendo. Por eso, debes llevarte a esa mujer al desierto y a tu cama esta noche.

Rakhal atravesó el palacio. La historia cubría sus paredes, no solo adornadas de retratos de sus antepasados, sino de cuadros del desierto. Entró en la sala en la que Natasha esperaba en silencio. A pesar de que Abdul se lo indicó, ella se negó a ponerse de pie cuando Rakhal entró. Los ojos de todos menos los de ella lo miraban.

–Vas a venir al desierto conmigo.

–No.

–Nos marchamos ahora mismo –dijo él ignorando su negativa.

Abdul los estaba observando. Cuando estuvieran a solas, Rakhal hablaría con ella. La tranquilizaría. Sin embargo, por el momento, debía parecer que respetaba las leyes.

–Están preparando el helicóptero.

–¡No!

En aquella ocasión, Natasha sí mordió, gritó y pataleó, pero sus protestas fueron inútiles. Desgraciadamente, tal y como Abdul le había informado, no podía ser de otro modo.

Capítulo 8

NATASHA jamás había montado en helicóptero y, cuando despegó, el estómago se le revolvió un poco. Cerró los ojos. Se sentía presa de una pesadilla real. Tenía a Abdul a un lado y a una joven mujer con el rostro cubierto al otro. Rakhal estaba sentado enfrente y hablaba en árabe con su ayudante. Ella trató de no prestar atención a las palabras que le llegaron a través de los auriculares. Sin embargo, de repente, Rakhal habló en inglés.

—A la izquierda está Alzan.

Natasha abrió los ojos.

—No necesito un guía turístico.

—Sencillamente estoy tratando de orientarte —replicó él.

Natasha se dio cuenta de que la información le podría resultar de utilidad y miró por la ventana. Sin embargo, lo único que pudo ver fue el interminable desierto y el pánico se apoderó de ella. Se podría morir allí, en aquel mismo instante, sin que nadie se enterara. Su familia y sus amigas ni siquiera sabían que estaba allí.

—Allí, se encuentra mi jaima —le dijo Rakhal unos minutos después.

Natasha pudo ver en la distancia un grupo de tiendas. Cuando el helicóptero se acercó un poco más, pudo ver que no solo se trataba de tiendas, sino de un complejo más grande. Mientras el helicóptero iluminaba el suelo con su foco para tratar de encontrar un lugar en el que aterrizar, dejó al descubierto caballos y camellos en un enorme corral. Lo más sorprendente para Natasha fue ver que había piscinas. Contó tres, allí, en medio del desierto. Y estaban iluminadas. Junto a una de ellas, había personas alegremente vestidas que estaban bailando. Aunque no tenía nada con lo que compararlo, aquella jaima no era lo que había esperado.

El aire frío le golpeó las mejillas cuando Rakhal la ayudó a bajar del helicóptero. Sus fuertes brazos la llevaron hasta el suelo. Entonces, se agacharon para pasar bajo las hélices del helicóptero y avanzaron hacia la zona segura de la mano. Natasha perdió los zapatos en la arena. No hizo intento alguno por recuperarlos. En aquellos momentos, el calzado le parecía algo completamente irrelevante. Su único pensamiento era el deseo irrefrenable de volver corriendo al helicóptero, meterse en él y marcharse de allí. Sin embargo, el helicóptero ya había despegado.

Natasha pudo escuchar la sensual música que provenía de la piscina, las carcajadas y el fuerte aroma a incienso. Resultaba casi irreverente. Podría ser que los criados estuvieran celebrando una fiesta. Tal vez no se habían dado cuenta de que Rakhal iba a regresar aquella noche.

En el interior de la tienda el ambiente era más tranquilo, pero eso no supuso alivio alguno para Natasha.

–Te pondrás esto –le informó Rakhal.

Aunque ella no quería las pequeñas babuchas, las aceptó. Quería estar a solas con él, discutir con él lejos de la oscura mirada de Abdul, que parecía analizar todos y cada uno de sus movimientos.

–La túnica no –le dijo Rakhal cuando vio que ella se disponía a quitársela–. De eso se ocuparán las doncellas.

Se acercaron cuatro mujeres con la cabeza baja y, tras hacer una reverencia a Rakhal, agarraron a Natasha. Ella trató de zafarse. Rakhal se dirigió a ellas en árabe y las cuatro se alejaron.

–Pasa –le dijo–. Les he dicho que, primero, tengo que hablar contigo.

La condujo a una zona más amplia a la que las doncellas no los siguieron. Estaba iluminada con una luz muy tenue y gozaba de un ambiente muy sensual. Había cojines por todas partes y mesas bajas profusamente cargadas de comida. Eso indicaba que sí habían estado esperando la llegada de Rakhal. Además, allí también se escuchaba la música y olía a incienso.

Natasha se sintió como si estuviera entrando en un lugar prohibido y no le faltaba razón. No estaba prohibido, pero no era muy frecuente que hubiera allí una mujer con él. Rakhal se sentía algo incómodo con la presencia de Natasha. Su jaima del desierto no era el lugar al que consideraría llevar a la posible madre de su heredero, pero las circunstancias no le habían dejado elección.

–Tú no –le ordenó a Abdul, que sí había entrado con ellos–. Deseo hablar en privado con Natasha.

–Esta noche no –replicó Abdul–. Tengo órdenes expresas del rey.

Rakhal lanzó un sonido de frustración. Era fundamental que hablara con Natasha a solas. Necesitaba decirle que no le iba a hacer daño alguno ni la obligaría a algo que ella no deseara. Sin embargo, no lo podía decir delante de Abdul, por lo que se volvió a Natasha. Ella estaba pálida y desafiante delante de él.

–Normalmente, mi esposa... –explicó Rakhal.

–Yo no soy tu esposa –le interrumpió Natasha.

–La posible madre de mi hijo, entonces.

A Rakhal le estaba resultando muy difícil. Sus enormes ojos verdes tenían una expresión hostil y asustada y no era así como ella debía estar en aquellos delicados momentos. Debía quedarse a solas con ella. Natasha no tenía ni idea de las viejas costumbres reales y se la tenía que ver sometiéndose a ellas.

–Espera. Te ayudaré con tu túnica.

–Puedo yo sola.

Se la levantó y la arrojó al suelo. Entonces, se quedó ataviada con el vestido que había elegido aquella mañana.

Había dejado el abrigo en el avión. El vestido que con tanta emoción se había puesto aquella mañana estaba arrugado. Su hermoso cabello estaba enredado por la túnica y por el disgusto de antes. Además, tenía los labios hinchados de llorar. Tenía un aspecto muy pequeño y muy asustado, aunque también desafiante. Rakhal quería tranquilizarla y se acercó a ella. Natasha dio un paso atrás.

–¿Quieres sentarte? ¿Tal vez comer...?

–Me estarán buscando.

–¿Cómo dices?

–Mis amigas. Tengo una vida. No puedes secuestrarme y esperar que nadie se dé cuenta. Llamarán a la policía y...

–En ese caso, ¿por qué no los llamas?

–¿Llamarlos?

–Haré que alguien te traiga un teléfono –dijo. Gritó algo en su idioma y en menos de un segundo apareció una doncella–. No hay necesidad de histrionismos, Natasha. Llama a tus amigas y díselo.

—¿Y qué les digo?

—La verdad. No quiero que los tuyos se preocupen por ti. Llámalos y tranquilízalos.

Ella le arrojó el teléfono a la cara. La tenía atrapada en todos los sentidos. Sin embargo, Rakhal tenía unos reflejos muy rápidos y atrapó el teléfono sin esfuerzo.

—Llama y di que te has tomado unas vacaciones –le sugirió él–. Así es como puedes considerar esto. Por ahora, este es tu hogar. Descansarás y dejarás que te mimen. No te ocurrirá nada, Natasha –le dijo él. Se acercó a ella y le tocó la mejilla. Natasha apartó la cara–. Mi papel es asegurarme de que te cuidan. Si yo tuviera una elegida para ser mi esposa, estaría en palacio. Durante dos días, estaría con ella y, entonces, las doncellas se ocuparían de ella. Le harían tatuajes de henna y la ungirían con aceite. Ella descansaría y dejaría que la cuidaran. Si los aceites y las flores no funcionaran, yo regresaría a su lado al mes siguiente...

—No comprendo.

—No es necesario. Las doncellas saben lo que hay que hacer, cómo hay que cuidarte. Si tú llevas en tus entrañas al futuro heredero, hay que decir una serie de oraciones y seguir los dictámenes de la tradición. Como te he dicho, estarías en el palacio. Yo no te vería.

Rakhal se dirigió hacia una zona oculta por una cortina. La apartó y, tras un instante de duda, ella lo siguió.

—Aquí es donde vas a descansar –dijo. Era una estancia muy lujosa, con una enorme cama circular en el centro. Sobre ella, colgaba una gruesa cuerda–. Si tiras de esa cuerda, vendrá un criado. Si necesitas comida, bebida o un masaje. Puedes reunirte conmigo para charlar si estoy en el salón y no hay música.

—No voy a reunirme contigo –replicó. Sintió un ligero alivio al saber que iba a estar a solas. Lo necesitaba para ordenar sus pensamientos y comprender todo lo que había ocurrido.

–Mi zona de descanso está al otro lado del salón –añadió Rakhal.

Ella simplemente se encogió de hombros. No le importaba dónde descansara Rakhal. Solo deseaba estar a solas. Sin embargo, se quedó helada cuando oyó lo que él tenía que decirle.

–Solo esta noche te reunirás allí conmigo.

Natasha sintió de nuevo la tensión en el pecho.

–¿Qué es lo que has dicho? –preguntó con toda la tranquilidad que pudo reunir.

–Esta noche.

Consciente de que Abdul estaba escuchando, no podía tranquilizarla. Quería que Natasha supiera que él no iba a hacerle daño. Esperó que, de algún modo, ella comprendiera que la dureza de su voz no tenía nada que ver con sus intenciones.

–Esta noche te vas a acostar conmigo.

–No... No, Rakhal –susurró ella con voz temblorosa–. No...

–No puede haber discusión alguna –replicó él. Se sentía muy incómodo. Había escuchado cómo ella le suplicaba, pero, mientras Abdul estuviera presente, no podía hacer nada–. Ahora, vete –añadió al ver que las doncellas se aproximaban–. Van a prepararte.

Capítulo 9

RAKHAL estaba tumbado en la cama, esperando a que las doncellas le llevaran a Natasha. La música sonaba suavemente, pero podía escuchar el sonido del agua y la conversación de las doncellas mientras la bañaban. Natasha no hablaba. De vez en cuando, él veía su sombra sobre el techo blanco de la tienda, vislumbraba sus rizos y las curvas de su cuerpo. Trataba de no mirar aquellas tentadoras imágenes porque, aunque la estancia se había preparado y la música y los aromas estaban pensados para excitar, sabía que debía resistirse.

No había tenido tiempo de explicarle nada porque no habían estado solos desde el hotel. Natasha jamás habría accedido a acompañarle ni él la habría dejado sola en Londres para que tuviera que enfrentarse a su hermano en solitario, sobre todo ante la posibilidad de que pudiera estar embarazada.

Jamás había pensado que tenía que llevársela al desierto. No se le había pasado por la cabeza que su padre insistiera en aquella noche. Pero al menos en su cama podría por fin hablar con ella y tranquilizarla.

Natasha temía tener que ir a su cama. Veía su sombra en el techo mientras las doncellas la bañaban. Aunque la noche anterior había sido maravillosa, no podía ni siquiera pensar que tendría que volver a acostarse con él aquella noche. No podía rendirse sin presentar batalla.

Salió del baño y se echó a temblar mientras las doncellas la ungían y la vestían con la más ligera de las túnicas antes de llevarla hacia la zona de descanso de Rakhal. Deseó que el miedo remitiera para poder pensar.

—Necesito mis joyas –dijo. Se volvió a las doncellas–. Si tengo que presentarme ante él, necesito mis joyas.

—Están en su habitación –respondió Amira, una de las doncellas, que hablaba un poco de inglés–. Ahí están a salvo.

—No lo comprendes. Eran de mi madre. Y de mi abuela. La tradición dicta que debo llevarlas puestas.

Amira asintió y la condujo a su habitación. Tradición era la única palabra que parecía hacerla reaccionar.

—Además, necesito rezar –añadió Natasha–, antes de ponérmelas.

Amira asintió y salió de la estancia mientras Natasha se ponía de rodillas. Sabía que tan solo disponía de unos minutos y, por primera vez, se alegró de que la hubieran llevado al desierto. Allí, las paredes no estaban hechas de piedra. Sabía que aquella sería su única oportunidad.

Rakhal esperó y esperó, tratando de pensar en lo que le iba a decir a Natasha, en cómo hacerle comprender mejor lo que ocurría. Sabía que ya había salido del baño, por lo que ella ya debería estar a su lado. Escuchó la suave música y se recostó en la cama. De repente, comenzó a escuchar un gran revuelo. La cortina no tardó en apartarse.

Sin embargo, en vez de Natasha, apareció una aterrada doncella.

—¡Su Alteza! —exclamó con el miedo reflejado en la voz—. No está aquí.

Rakhal se puso de pie y exigió más información.

—Pidió ir a su habitación para recoger sus joyas. Insistió en que deseaba llevarlas para usted.

En ese momento, Rakhal comprendió que Natasha se había fugado. Las joyas habían sido tan solo una excusa, pero tampoco se habría marchado sin ellas.

—Me dijo que quería rezar... —prosiguió la doncella—. Yo no debería haberla dejado sola. Jamás se me ocurrió pensar que saldría huyendo porque solo un loco o una persona que no supiera lo imposible que es sobrevivir en el desierto huiría por él en medio de la noche.

Por primera vez, Rakhal no esperó a que le vistieran. Se puso la túnica y las sandalias mientras las doncellas les pedían ayuda a los guardias. Cuando se enteraron de que Natasha se había escapado, todos salieron corriendo en busca de caballos y todoterrenos. Rakhal los detuvo. Les ordenó que fueran a buscar linternas para iniciar la búsqueda a pie. No quería que recorrieran el desierto a toda velocidad en medio de aquella oscuridad. No podía correr el riesgo de que se la llevaran por delante. Coches y caballos solo se podían utilizar al alba y, para entonces, podría ser que fuera ya demasiado tarde.

Nadie huía al desierto por la noche ataviado tan solo con una ligerísima túnica. ¿Acaso no comprendía el frío que hacía allí? Los vientos que calentaban la arena por el día la enfriaban durante la noche. Además, los escorpiones salían por la noche y estarían dispuestos a picarle los pies desnudos. Se perdería antes de que se diera cuenta. La arena, aparentemente inmóvil, formaba dunas que se movían y cambiaban como las aguas del mar. El viento transportaría sus gritos hacia los cañones en vez de hacia él.

No esperó a que los demás se prepararan. Salió al exterior gritando el nombre de Natasha. Entonces, comprendió que Natasha estaba huyendo de él, que prefería huir al cruel desierto para no tener que pasar la noche con él. Dejó de gritar. En silencio, le rogó a los cielos que le dieran una oportunidad para explicarse, una oportunidad para decirle que él jamás la habría forzado. Esa jamás habría sido su intención.

Después de llevar quince minutos corriendo en dirección a ninguna parte, Natasha cayó agotada sobre la fría arena. Sabía que había sido una locura salir huyendo, pero le había resultado imposible quedarse y someterse sin más. En la lejanía, oía los gritos de los que la llamaban y se dio cuenta de que los que la buscaban lo estaban haciendo en dirección opuesta. Aún tenía una oportunidad de escapar. Miró hacia el desierto y luego hacia la tienda, pero esta ya había desaparecido de su vista y las voces se perdían en la distancia. O respondía a los que la llamaban y pedía ayuda tan solo para que la entregaran a él o se la jugaba.

Eligió la esperanza.

Rakhal la observaba desde la distancia. Vio que se giraba hacia las voces que la llamaban y como luego se decidía y se dirigía de nuevo hacia el desierto. Fue entonces cuando la llamó él. Su voz hizo que Natasha se detuviera durante un instante para luego echar a correr.

—¿Prefieres perderte en la noche que regresar a mi lado?

–¡Sí! –exclamó ella. Trató de seguir huyendo, pero él no tardó en alcanzarla. La agarró por la muñeca con tanta fuerza que la hizo darse la vuelta.

–¿Incluso cuando te digo que jamás te haría daño? ¿Que me ocuparé de ti?

–¡No necesito que nadie se ocupe de mí! –gritó Natasha pataleando, golpeando y tratando de morderle. Efectivamente, prefería correr el riesgo sola en el desierto que se ocuparan de ella de esa manera.

–¡Claro que lo necesitas! –exclamó él.

No le soltó la muñeca. Sabía que aquella demostración de ira no tardaría en esfumarse. No discutió más. Se limitó a sujetarla con fuerza mientras Natasha trataba de zafarse, lanzando maldiciones y gritando. Por fin, se calmó. Entonces, Rakhal la soltó y ella se desmoronó sobre la arena. Se sentó en ella agarrándose las rodillas. Entonces, lo miró y utilizó la furia que le quedaba para escupirle.

Falló.

Rakhal notó que, aunque derrotada, no se echó a llorar. Sintió una extraña sensación en el pecho, una desconocida necesidad de extender la mano y tocarla. Sin embargo, cuando estaba a punto de hacerlo, vio que ella levantaba la cabeza y que lo miraba con ojos enfadados.

–¡Hazlo, entonces! –exclamó. Fue a quitarse la túnica–. No te voy a dar la satisfacción de pelearme contigo.

Rakhal se sintió muy triste al ver lo que ella pensaba, que creyera que él fuera a tratarla de aquel modo. Se agachó y tiró de la túnica. La delicada tela se desgarró mientras él luchaba porque la mantuviera puesta.

–¡Estate quieta!

–¿Por qué? Los dos sabemos lo que va a ocurrir. Poséeme aquí para que pueda vomitar en la arena en vez de en tu cama.

–No me voy a acostar contigo. Yo jamás te forzaría...

–¡Venga ya! –le espetó Natasha–. Me estaban preparando para ti.

–Porque las doncellas no saben que no nos vamos a acostar juntos, que no tengo intención de... Abdul no puede saber que mis intenciones no son esas. Por eso, no hablé contigo en el avión. En Londres estabas en peligro. No me quedó más remedio que traerte aquí.

–¡Peligro! –exclamó ella, riendo–. ¿Qué peligro?

–Tu hermano regresó durante la noche. Empezó a romper las ventanas. Estaba furioso. ¿Acaso crees que te dejaría que te enfrentaras con eso?

–¡Te aseguro que lo habría hecho!

–¿Cómo?

Natasha no lo sabía. El corazón pareció encogérsele de miedo. Si no hubiera conocido a Rakhal, si no hubiera estado con él aquella noche, se habría tenido que enfrentar en solitario con la ira de su hermano. Se llevó la mano al collar de su madre. Sabía que su hermano se lo habría arrancado. Aunque estaba furiosa con él, sufría por lo que le estaba pasando.

–¿Le arrestaron?

–No.

Rakhal se había sentado a su lado. Ella tenía la túnica rota y uno de los senos había quedado al descubierto. Él le agarró la tela y se la sujetó mientras hablaba.

–Salió huyendo –prosiguió–, pero regresó por la mañana muy arrepentido. En ese momento, nosotros ya estábamos en el avión. Yo había dejado instrucciones. Mi gente se ha ocupado de él –explicó. Natasha volvió a dejarse llevar por el pánico, a tratar de alejarse de él, pero Rakhal la inmovilizó en el sitio, la mantuvo cubierta y se dio cuenta de lo poco que ella confiaba en él, de lo poco que sabía de sus costumbres–. ¡Tu familia también es asunto mío! –añadió, gritando por encima de la ira de Natasha–. Tu hermano viene de camino aquí.

–¿Aquí?

–Se le hizo una oferta –le explicó Rakhal–. Todas sus deudas están pagadas, incluso las tuyas, a cambio de seis meses de trabajo en las minas de Alzirz.

–¿En las *minas*? –repitió ella llena de preocupación. ¿Qué clase de lugar era aquel? ¿Qué le estaban haciendo a su hermano? Sin embargo, ella no lo conocía.

–Se marchará de aquí siendo un hombre rico. Trabajará duro durante seis meses y acumulará músculo en vez de deudas. Comerá alimentos de mi tierra y estará nutrido. No está aquí como esclavo, sino para reconstruir su vida. Podrás hablar con él muy pronto. Y, si no estás embarazada, cuando regreses a Londres tendrás seis meses para organizar tu vida.

Natasha permaneció en silencio, tratando de asimilar todo lo que él le había dicho. A pesar de sus temores, de su confusión, se sintió de repente muy tranquila. El miedo que llevaba meses atenazándola, tal vez incluso más tiempo, desapareció de repente. Por fin su hermano iba a tener una oportunidad.

–Yo jamás te haría daño. Te iba a decir todo esto cuando te llevaran ante mí esta noche.

Por primera vez desde el avión, Natasha pudo mirarlo. Por primera vez desde entonces, él era el hombre que había conocido. También reconoció que, a pesar de ser virgen, ella había compartido la responsabilidad y también tendría que hacerlo con las consecuencias.

–Rakhal, acepto mi parte en la noche que pasamos juntos –dijo–. Acepto que, si estoy embarazada, tendremos que tomar muchas decisiones. Sin embargo, lo que no puedo hacer es tratar de quedarme embarazada, que era precisamente lo que se trataba de conseguir esta noche...

–Eso lo comprendo –afirmó él. Creía en las tradiciones, creía en el desierto, pero también era moderno en muchas otras cosas. En aquella, desafiaría a su padre. En aquella, le daría la espalda a las reglas del desierto–. No habríamos hecho el amor. Y yo también estoy preparado para aceptar el destino de lo que hicimos aquella noche. Cuando te traje aquí, mi intención era que te quedaras en el palacio, pero cuando llegué, mi padre me ordenó que nos viniéramos al desierto para que tuvieran lugar los rituales. Aquí, es impensable que tú no desees quedarte embarazada de mi heredero. La gente jamás podría comprender que los dos estamos esperando que tú no estés embarazada. Tenemos que conseguir que ellos piensen que estamos tratando de que así sea.

–Entonces, ¿significa eso que tan solo vamos a compartir una cama? ¿No va a ocurrir nada más?

–No es tan sencillo como eso. Tienen que pensar... –dijo. Natasha se dio cuenta de que estaba avergonzado–. Tienen que oír. Las doncellas van a esperar al otro lado del dormitorio.

–¿Tenemos que hacer ruidos? –preguntó ella con incredulidad–. ¿Tenemos que fingir que estamos haciendo el amor?

Rakhal asintió.

–Pero las sombras... –dijo ella pensando en la sombra de Rakhal torturándola en el techo de la tienda mientras se bañaba–. Las verán.

–Verán nuestras sombras y parecerá que estamos haciendo lo que tenemos que hacer. Sin embargo, te doy mi palabra, Natasha. Será solo en apariencia.

Ella le creyó. Lo miró a los ojos, que eran del mismo color que el cielo que tenían por encima de sus cabezas y supo que él le estaba diciendo la verdad.

–Algunas personas condenan nuestras costumbres por ignorancia. Si tú estás embarazada de mi hijo, serás la persona más valiosa sobre esta tierra.

Se escucharon gritos en la distancia. Natasha vio luces entre las sombras y que la gente se iba acercando. Ella ya no deseó salir huyendo y jugársela con el desierto en medio de la noche.

–Cuando todo esto termine, si no estás embarazada, seguiré cuidando de ti. Tendrás un sello en tu pasaporte que te abrirá muchas puertas, porque se trata de un sello que solo el príncipe heredero puede conceder. Me aseguraré de que tu hermano está bien y tú podrás visitarlo con libertad. Sé que he hecho poco para ganármela, pero te estoy pidiendo tu confianza.

Por fin había esperanza para su hermano. Natasha aceptó, aunque no podía comprender del todo por qué era imposible que él la dejara en Londres si estaba embarazada.

–Estoy furiosa –le advirtió. Aunque confiaba un poco más en él, una profunda ira seguía aún latente–. Estoy tan furiosa...

–Lo sé, pero, por esta noche, ¿puedes encontrar un modo de contener tu ira? Si podemos aplacar a toda la gente, si podemos aparentar que nos dejamos llevar, más posible será que nos dejen en paz.

Los ojos de Natasha se llenaron de lágrimas. Asintió. Rakhal llamó a su gente para informarle de que la había encontrado. La tomó en brazos y la llevó a su tienda. Las lágrimas que amenazaban con escapársele a Natasha no eran fruto del miedo, sino por saber que los fuertes brazos que la sostenían tan delicadamente no la protegían a ella. A Rakhal solo le importaba mientras existiera la posibilidad de que hubiera un niño.

Capítulo 10

LAS DONCELLAS le proporcionaron algo de beber y un poco de fruta. Entonces, volvieron a bañarla, prestando mucha atención a los arañazos que tenía en las piernas mientras que la regañaban en su propio idioma. Le curaron las heridas y luego le pusieron una túnica limpia antes de llevarla de nuevo hacia el otro lado de la tienda. La música sonaba y la luz era tenue. Podía ver la sombra de Rakhal a través de la tela que hacía de pared. Lanzó una maldición. Si se convertía algún día en su esposa, aquello sería lo primero que habría que cambiar.

Las doncellas la dejaron junto a la cortina que daba paso al dormitorio de Rakhal y se acomodaron junto a la improvisada pared. En aquella ocasión, ella se sintió aliviada en vez de asustada de verlo.

Estuvo aliviada hasta que vio al hombre que la estaba esperando, porque parecía aún más hermoso que la última vez. Estaba tumbado sobre una enorme cama, que era más bien una zona más elevada cubierta con pieles y sedas. El espacio era muy masculino, tanto por los colores como por la fragancia que se estaba quemando. Él estaba de costado, desnudo a excepción de una seda que le cubría el sexo. Su torso y sus extremidades también habían sido ungidos, por lo que la piel brillaba a la luz de las velas. En aquellos momentos, Natasha se sentía más nerviosa que la virgen que había sido la primera vez que habían compartido la cama.

En la primera ocasión, le había prometido hacerla gozar.

Aquella noche, le había prometido que no sería así.

Rakhal le agarró la mano y la guio a la cama.

—Todo va a salir bien —le susurró al oído.

—Lo sé.

—Deberíamos besarnos —dijo Rakhal mientras le atrapaba el rostro entre las manos y lo acercaba al suyo.

Sin embargo, sus bocas no se movieron. Entonces, él le acarició los brazos y, en ese momento, sí que la besó, pero fue un beso ligero, sin presión. Después, le llevó los labios a una oreja y Natasha notó allí su aliento. Permanecieron así un momento. Rakhal le acariciaba los brazos. Luego le colocó las manos en la espalda para acercarle a él y después se las llevó delante, donde descansaron entre ellos. Natasha comenzó a confiar en él un poco más.

—Ahora, debería quitarte la túnica.

Ella asintió. Levantó los brazos y él se la sacó por la cabeza. Se arrodillaron el uno frente al otro. Natasha giró la cabeza y observó su propia sombra. Pudo ver los pezones erectos y como los dedos de Rakhal parecían acariciárselos, aunque no los tocaban. Incluso cuando pareció bajar la cabeza y comenzar a besarle los pechos, él mantuvo la boca cerrada y su lengua no refrescó el calor de su piel. Natasha también actuó para las sombras... ¿o acaso era para sí misma?

Arqueó el cuello y la música se aceleró. En aquel momento, Natasha se dio cuenta de que sus sombras eran para el músico porque el ritmo iba variando a medida que Rakhal y ella se movían. Las cuerdas del *quanoon* parecían resonar dentro de que ella mientras que la barbilla de él le rozaba los senos, pero sin llegar a besarle la piel. Ella le llevó las manos a la cabeza, en teoría, para sujetarse.

Rakhal le rodeó la cintura con una mano y le cubrió la curva del trasero. La música se aceleró. Ella apoyó la cabeza sobre el hombro y sintió como los senos se aplastaban contra su torso. Trató de controlar su respiración.

–Ahora, debes confiar en mí –le dijo Rakhal.

La tumbó sobre el lecho. Ella miró la pared y observó el contorno de su cuerpo y la potente erección. Por supuesto que estaba excitado. Ella también lo estaba, aunque no pensaba dejar que él lo supiera. Eran simplemente dos cuerpos confinados, dos cuerpos preparados con alimentos y aromas para ese momento, dos cuerpos que la noche anterior habían compartido una intimidad tan deliciosa. Sería imposible que él no estuviera excitado.

Rakhal le levantó las rodillas y le colocó la cabeza entre las piernas. Sin embargo, la boca no la tocó. Natasha solo podía sentir el aliento, cuando lo que en realidad deseaba era la lengua. Fue un alivio cuando él le pidió que emitiera algunos sonidos para que todos supieran que el príncipe la estaba haciendo gozar.

Sin embargo, Natasha gimió no porque él se lo pidiera, sino porque tenía que hacerlo. Era una tortura sentir como la cabeza de Rakhal le danzaba entre las piernas sin que su boca la acariciara. Él le dijo que le pusiera la mano en la cabeza y le pidió que gimiera más alto y que levantara las caderas. Al hacerlo, Natasha calculó mal y, por un momento, sintió la agradable sensación de su boca, pero él no tardó en retirarse. Natasha tuvo que contenerse para no suplicarle mientras la música se aceleraba más y más.

Se dijo que estaba actuando. Solo eso.

Se dijo que estaba actuando cuando Rakhal se tumbó encima de ella.

–Muy pronto podrás descansar... –le susurró él.

Rakhal apoyó su peso sobre los codos, pero los pubis se tocaron y la erección se interponía entre ellos. Natasha no quería descansar. Quería sentirlo dentro de su cuerpo.

–Di mi nombre –dijo él–. Grita mi nombre.

Así lo hizo Natasha. Gritó su nombre como si él estuviera dentro de ella.

–Otra vez –susurró él mientras se movía encima de ella.

Ella obedeció. Giró la cabeza y vio que las sombras de ambos se movían al unísono y parecían estar conduciéndolos a un lugar prohibido para ellos aquella noche.

–Confía en mí.

Natasha deseó que no fuera así. Deseó que él fuera un mentiroso y que la poseyera en aquel mismo instante.

La música y las pociones debieron de haber confundido sus sentidos porque, mientras estaba atrapada debajo de él, observando como sus sombras se movían sobre la pared, deseó quedarse allí, deseó estar embarazada y poder quedarse para siempre con Rakhal. No obstante, se recordó que no siempre sería así. La esposa de Rakhal se mantendría apartada de él si se quedaba embarazada. Después de la boda, no lo vería. Por ello, apartó los ojos de la pared y miró al cielo. Desgraciadamente, esa imagen no diluyó su excitación. Aquella noche, literalmente, vio estrellas.

–¡Rakhal! –gritó una vez más el nombre porque deseaba que todo terminara. No podía seguir jugando aquel juego tan peligroso–. Rakhal –suplicó. Él comenzó a moverse más rápido a medida que la música llegaba a lo más alto.

–Ahora –susurró él. Entonces, levantó su cuerpo y exhaló un gemido para fingir su primer orgasmo. Ella gritó su nombre por última vez sin que él se lo pidiera.

Rakhal se preguntó si debía besarla. Sin embargo, se olvidó por un momento que estaban actuando y, para Natasha, fue un alivio que así fuera.

Su lengua fue un fresco bálsamo. A medida que sus movimientos se iban deteniendo, la música se paraba también, contrario a lo que ocurría con el fuego que les abrasaba la entrepierna. Todo debería haber terminado y, sin embargo, la erección de Rakhal aún se apretaba contra ellos. Él tenía la respiración entrecortada. Natasha levantó las caderas hacia él y la lengua de Rakhal creó un agradable movimiento. Ella trató de calmar lo que sentía su cuerpo, trató de decirse que tan solo estaba representando un juego necesario. Sin embargo, cuando él levantó la cabeza y observó el rubor que cubría el torso y las mejillas de Natasha, se le reflejó un brillo triunfal en los ojos mientras ella negaba su orgasmo.

Se apartó de ella y cubrió el sexo. Natasha cerró los ojos, sintiéndose culpable por haber disfrutado.

–Bien hecho –susurró él–. Ahora, puedes descansar. Mañana, se te llevará a tu propia alcoba. Después de esta noche, no tenemos que estar juntos.

En aquel momento, entró una doncella. A Natasha se le recordó su papel mientras Rakhal traducía las palabras de la mujer.

–Te está pidiendo que levantes las caderas.

Natasha se sintió muy avergonzada al hacerlo y al notar que la doncella le colocaba un cojín debajo con la intención de inclinarle la pelvis para que la supuesta semilla real gozara de las mayores oportunidades posibles.

Natasha se recordó que no era más que un recipiente.

Aquello era lo único que sería para Rakhal.

Cerró los ojos y trató de contener las lágrimas mientras esperaba que llegara la mañana.

Capítulo 11

AMIRA le informó que su tiempo con el príncipe había terminado.

Natasha no había dormido nada. Había fingido hacerlo. Cuando Rakhal se levantó al alba para rezar, ella abrió los ojos y vio a las doncellas esperando silenciosamente. La llevaron a otra estancia de la tienda para comer pan ácimo y dátiles. Le dieron de beber té y, a continuación, se pusieron a bañarla.

Estaba segura de que jamás se relajaría. Sin embargo, el agua olía a lavanda y los dedos que le masajeaban el cuerpo eran firmes pero hábiles. Mientras aspiraba el fragante vapor, sintió que la tensión se iba diluyendo. Comprendió que la estaban cuidado y que las doncellas no querían hacerle ningún daño.

La hicieron tumbarse sobre unos cojines. Cuando Amira le explicó que iban a decorarla, se quedó sin aliento. Comenzaron a dibujarle pequeñas hojas y flores sobre las areolas y justo encima del vello púbico. Las pequeñas flores desaparecían por debajo de sus más íntimos rizos. Amira hizo todo lo posible para que ella se tranquilizara mientras le explicaba sus costumbres. Una anciana dibujó un círculo y luego oscureció una parte. Cuando señaló al cielo, Natasha comprendió que lo que había dibujado era la fase de la luna de la noche anterior. Un registro del tiempo.

—Durante nueve lunas, la pintaremos y usted rezará

para que las flores crezcan aquí dentro –le dijo Amira mientras le apretaba el vientre. La anciana dijo algo que hizo reír a Amira–. A veces, diez lunas –añadió, traduciendo las palabras de la anciana.

La mujer dijo algo más, pero en aquella ocasión las doncellas inclinaron la cabeza.

–¿Qué está diciendo?

–Habla de la reina Laila –le explicó Amira–. Las flores solo le llegaron hasta aquí –dijo mientras señalaba un poco por encima del ombligo de Natasha–. Para nuestro príncipe, solo se dibujaron seis lunas. Fue demasiado pronto. Sin embargo, no le ocurrirá a usted. La reina Laila no estaba a salvo en Alzirz en su periodo fértil. No se le pintó ni se le administraron las pociones. No nos tenía para que cuidáramos de ella...

–¿Dónde estaba?

Amira parecía incómoda y no respondió inmediatamente.

–Era del desierto y cuando estaba en palacio lo añoraba mucho. Estaba tan delgada y tan enferma, cada vez más... Se reunió con el rey en Londres porque él quería probar con los médicos de allí. Habría estado aquí más segura. Regresó embarazada. La cuidaron en el palacio, hicieron todo lo que se podía hacer, pero estaba tan débil...

Natasha estaba empezando a entender su pánico por romper las tradiciones. Cuando terminaron de decorarle el vientre, la volvieron a ungir hasta que ella sintió mucho sueño. Entonces, la vistieron con una túnica de organza transparente y la llevaron a la cama. Allí, le dieron una bebida de espesa leche y miel, pero resultaba demasiado empalagosa, tanto que ella no pudo terminarla.

–Debe bebérsela toda –le dijo Amira–. Le ayudará

a dormir –añadió. Entonces, le dedicó una sonrisa–. Ahora, dormirá hasta mañana por la mañana.

Cuando se quedó a solas, Natasha dejó la copa. No estaba segura de lo que le estaban dando y tampoco sabía si eso sería adecuado en el caso de que estuviera embarazada. Además, tampoco estaba dispuesta a dormir durante veinticuatro horas. Sin embargo, la estancia estaba oscura y fresca, por lo que finalmente se quedó dormida.

Se despertó desorientada. La estancia seguía a oscuras. Oyó música que se filtraba desde el salón. Sin pensarlo, salió y se dirigió hasta allí.

–¿Qué estás haciendo aquí? –le preguntó Rakhal inmediatamente, tras incorporarse del cojín sobre el que estaba tumbado–. ¡Tú no debes salir cuando está sonando la música!

Su voz sonó más dura de lo que él había anticipado, pero ella no debía salir cuando hubiera música, dado que esta enmascaraba otros sonidos. En realidad, simplemente había estado sentado pensando, pero ella no lo sabía.

La aparición de Natasha lo turbó profundamente. Le habían ungido el cabello y la piel. La túnica de organza era muy delicada y se le pegaba al cuerpo. Tenía un aspecto maduro, exuberante, y él sintió deseos de poseerla. Desgraciadamente, ya la habían bañado y pintado.

–¡Vete a tu habitación! –le espetó–. No puedes salir cuando la música esté tocando.

–Pues apágala –le espetó ella–. En realidad, no te molestes. De todos modos ni siquiera quiero hablar contigo.

–Duerme.

–No puedo.

–Tira de la cuerda.

Rakhal se apartó de ella porque debía sobreponerse a sus sentimientos. Natasha le estaba completamente vedada y él tenía que sobreponerse a sus deseos. La condujo a su habitación. Entonces, vio que la copa seguía llena sobre una bandeja que había encima del suelo.

–Tienes que bebértelo.

Natasha se sentó al borde de la cama y él lo recogió del suelo y le llevó la copa a los labios. Natasha sintió repugnancia. Era demasiado empalagoso y espeso. Se le derramó por la barbilla, pero Rakhal lo recuperó con los dedos.

–Todo. Contiene hierbas que te ayudarán a descansar, que son buenas para tu útero.

Ella aceptó aquel mejunje espeso del dedo. Rakhal tenía una potente erección, pero estaba tratando de no prestarle atención.

Por fin, ella se metió en la cama. El cuerpo le ardía. Debían de ser las hierbas o el aceite porque sentía un profundo ardor entre las piernas. Los senos se le tensaron porque él la estaba mirando.

–Duerme –le ordenó. Con eso, salió de la habitación.

Natasha sintió deseos de llamarlo, pero no lo hizo. La música comenzó a acunarla. Las hierbas de la bebida la indujeron al sueño. De repente, la música dejó de sonar y se escucharon carcajadas a través de la noche del desierto. Entonces, chapoteos en la piscina. Natasha abrió los ojos y se le escapó una lágrima. De repente, había comprendido dónde estaba. Los brillantes colores que tenían los vestidos de las mujeres, los bailes, las risas que provenían de la piscina...

Aquel era su harén.

Capítulo 12

PUEDES seguir enojada –le dijo Rakhal unos días más tarde, cuando ella aún estaba tan furiosa que se negaba a hablar con él–, o puedes disfrutar de lo que se te ofrece.

–Seguiré enojada, gracias.

Estaba tumbada sobre unos cojines. Se le había permitido salir porque la música no estaba tocando. Ella aún estaba vestida con la túnica de delicada organza y recibiría un baño aquel día al atardecer. Rakhal había hecho que se marcharan las doncellas que normalmente la seguían a todas partes. Satisfecho con el acoplamiento, Abdul también los había dejado a solas. Sin embargo, Natasha se negaba a hablar.

–Querías unas vacaciones...

–Quería tumbarme en la playa y pasar el tiempo con mis amigas.

–Pero no pudiste porque tu hermano te robó. Ahora, puedes descansar y dejar que te mimen. No veo cuál es el problema.

–Problemas –le corrigió ella. Se sentía furiosa con él por muchas cosas, pero en especial por una. Sin embargo, no podía hablar al respecto, no podía tragarse los celos para que no se le reflejaran en la voz. Por lo tanto, habló de otras cosas que la molestaban–. Me has traído aquí en contra de mi voluntad.

–No me dejaste elección cuando hablaste de esa píldora que podías tomar.

Natasha apartó la mirada. En realidad, no estaba segura de que se hubiera tomado esa píldora. Ya no estaba segura de nada.

–Además, ¿acaso crees que te dejaría sola con tu hermano?

–Podrías haberlo hablado conmigo.

–No había tiempo. Te expliqué que un día yo me casaría. Ya se me había ordenado que regresara para elegir esposa. Tenía que regresar el lunes.

–Entonces, ¿yo fui tu última aventura?

–Esperaba volver a verte.

–¿Me ibas a pedir que me uniera a tu harén? –le espetó.

–Sabía que eso no te sentaría bien. Pensé que podría volver a verte en Londres. ¿Es que no comprendes que no podía dejarte en Londres sabiendo que podría haberte dejado embarazada? ¿Que no me podía casar con otra sin estar seguro primero de que no lo estabas? Si estás embarazada, podrías ser la oportunidad de mi país para perpetuarse en el tiempo. Mi padre dio por sentado que él tendría muchos herederos. Si estás embarazada, comprendo que será una transición muy difícil para ti. Sin embargo, jamás volverás a vivir con miedo. Jamás conocerás la ansiedad. Ese es mi deber para contigo. Me ocuparé de tu familia. De tus problemas. Tú vivirás rodeada de lujo. Y criarás a tus hijos.

–¿Sin ti?

–Me verías en tus periodos fértiles y durante festivales y celebraciones. Por supuesto, yo iría a visitar con regularidad a mis hijos. Les enseñaría nuestra historia

Rakhal no comprendió las lágrimas que aparecieron en los ojos de Natasha. Chascó los dedos. Se sentía incómodo con aquella conversación y no le gustaba hablar de cosas sin sentido dado que aquellas cosas jamás podrían cambiar.

–Voy a darme un baño. Luego iré a dar un paseo por el desierto. Tú deberías descansar.

Entonces, ordenó que empezara la música, lo que significaba que ella debía regresar a su habitación.

Natasha permaneció allí casi una hora sufriendo, escuchando las risas que provenían de la zona de baño. No. No pensaba aceptar sin más aquellas ridículas costumbres. Al menos, en algunas cosas.

–¿Qué estás haciendo aquí? –le espetó Rakhal cuando ella entró en la zona de baño. Las risas y las conversaciones cesaron inmediatamente–. Me estoy bañando.

–¿De verdad? Diles a tus doncellas que se vayan.

Rakhal tenía una mirada furiosa, pero con unas palabras y un rápido movimiento de muñeca consiguió que se quedaran solos.

–Estoy aquí porque crees que yo podría estar embarazada. Estás pensando en tomarme como esposa. Y tienes las agallas para hacer que tres mujeres te laven mientras a mí me envías a mi habitación.

–Me estaba bañando –afirmó él sin arrepentimiento alguno–. No hay nada sensual en ello.

Natasha metió la mano en el agua y le agarró la gruesa y cálida erección.

–Te ruego que me perdones si no estoy de acuerdo.

Rakhal le apartó la mano.

–Debes descansar...

–Estoy aburrida de tanto descanso. Déjame que te diga una cosa, Rakhal. Tú tienes tus reglas, pero yo también tengo las mías. No habrá más mujeres y eso significa que no habrá ninguna doncella que te bañe. Y, si estoy embarazada, eso se aplicará también en nuestro matrimonio.

—Eso es ridículo.

—No.

—Tú estarás en el palacio. Ni siquiera sabrás...

—Lo sabré.

A Rakhal no le gustaba que se volvieran a reescribir las reglas y mucho menos aquella. Sencillamente, le dijo que se marchara.

—Está bien. Me voy a dar un paseo.

—¡Un paseo! Tú no sales a dar paseos. Tienes que descansar.

—Ya he descansado y ahora me gustaría salir a tomar un poco el aire. Quiero ver el desierto.

—No es lugar para dar un paseo. Si quieres nadar un rato, tengo una piscina privada y hay un jardín alrededor...

—Quiero salir.

—Tú no puedes salir sola al desierto. Pensé que la otra noche habrías aprendido al menos eso...

—En ese caso, vente conmigo.

Natasha sabía que, si se quedaba un minuto más dentro del complejo, se volvería loca. Podría ser que Rakhal lo presintiera, porque asintió y, cuando se disponía a llamar a las doncellas para que lo secaran y lo vistieran, tuvo el sentido común de cambiar de opinión.

—Ve a ponerte una túnica y bebe algo antes de que nos marchemos —le dijo a Natasha, pero ella no se movió—. Espero que no estés aquí para secarme.

Natasha se ruborizó y se marchó. No era lo que él le había dicho, sino los pensamientos que aquellas palabras habían desencadenado. Se contentó con la pequeña victoria de que estuviera vistiéndose solo y se puso una túnica más gruesa encima de la de organza. Las doncellas fueron a ponerle unas delicadas sandalias de cuero y se aseguraron de que ella bebiera. Evidentemente, les preocupaba que ella fuera a abandonar la seguridad de la tienda.

—Estaré bien —le aseguró a Amira, pero notó el miedo en los ojos de la joven.

En cuanto salió al exterior, comprendió por qué. El aire era caliente y seco. Incluso el más ligero viento le llenaba los ojos de arena. Se dio cuenta de que la jaima era un paraíso.

—No es lugar para caminar —dijo Rakhal.

—Pensaba que tú decías que salías mucho al desierto, que el desierto es donde piensas...

—Yo provengo del desierto.

—Me dijiste que tu madre era la que provenía del desierto.

—No es tan sencillo. A pesar de que nunca la conocí, llevo su historia dentro de mí. Sé cómo sobrevivir aquí. Tú no.

—¿Cómo era ella? Debes de haberlo averiguado...

Rakhal jamás hablaba de esa clase de cosas, ni siquiera con su padre. De niño, sus preguntas jamás habían recibido respuesta. Sin embargo, había descubierto cosas en sus visitas al desierto y había escuchado conversaciones de las doncellas. Su madre había sido una mujer muy hermosa y muy sabia, pero también había sido otras cosas. Decidió compartirlas con Natasha.

—Era una mujer poco frecuente. Mi padre la conoció cuando fue a pasear. La encontró bailando en el desierto. La eligió como esposa aunque le advirtieron que no lo hiciera. Normalmente, la esposa del rey no causa problemas. Mi madre sí los causó.

—Cuéntame —le animó Natasha, no solo porque

quería comprender a aquel hombre tan complicado, sino porque el desierto también la fascinaba.

–Mi padre tenía trabajo que hacer en Londres. Después de unos pocos meses de matrimonio, se sentía muy desilusionado porque mi madre no se quedara embarazada. Ella también lo estaba. No le gustaba el palacio y añoraba el desierto. Las doncellas estaban muy preocupadas por ella. Dejó de comer y casi no bebía. Se puso muy delgada, muy pálida y muy débil. Mi padre decidió llevársela a Londres. Dijo que allí había los mejores hospitales y los mejores tratamientos. Allí, mi madre empezó a mejorar, a comer...

–Tal vez era tu padre al que echaba de menos y no al desierto.

Rakhal negó con la cabeza, pero no pudo refutarlo por completo. Después de todo, a él lo concibieron en Londres.

–Mi padre aún se siente culpable. No debería haber yacido con su esposa en Londres. No se respetó ninguna de las tradiciones. Ella regresó a Alzirz ya embarazada. Permaneció en palacio, pero, a pesar de los esfuerzos de sus doncellas, volvió a debilitarse. Yo nací unos pocos meses más tarde y ella murió en el parto –dijo. Entonces, miró a Natasha–. No te pido que creas en nuestras costumbres, solo quiero que comprendas que al hacerte pasar por esto estoy tratando de protegerte.

Eso sí lo comprendía Natasha.

–Hoy he hablado con mi hermano.

Al principio se había considerado una prisionera. El segundo día se había sorprendido cuando Amira le había llevado un teléfono y le había dicho que su hermano quería hablar con ella. Desde entonces, hablaban casi todos los días.

—¿Cómo está?

—Siente lo ocurrido. Me ha dicho que lo siente muchas, muchas veces, pero creo que esta vez lo dice de corazón —afirmó. Miró a Rakhal, admiró su fuerte perfil, los ojos que no podía leer. Quería hacerle una pregunta—. He estado pensando...

—El desierto hace pensar.

—Lo sé. Yo estaba furiosa con mis padres por hacerme vender la casa... Creo que me estaban protegiendo. Creo que sabían los problemas de Mark. Si la casa hubiera estado a nombre de los dos...

—Aún siguen cuidando de ti —le aseguró Rakhal.

—¿Crees eso?

—Por supuesto.

—¿Crees también que tu madre te está cuidando?

Rakhal se encogió de hombros.

—¿Has oído hablar de los diablos de arena? —le preguntó. Natasha negó con la cabeza—. A veces, hay algunos pequeños. A menudo... —se interrumpió. Miró hacia el horizonte como si fuera a aparecer uno—. A veces, creo que la veo allí bailando. A veces, la oigo riendo. Mi padre insistió en que me casara hace cinco años —añadió. Entonces, sonrió al ver el asombro dibujado en el rostro de Natasha—. Aquí en Alzirz solo nos casamos una vez en la vida.

—¿Significa eso que has desafiado a tu padre?

—No me resultó fácil. Había mucha presión. Sé que mi pueblo necesita un heredero. Vine aquí a pensar y la oí riendo, como si me estuviera dando su bendición para que me negara. Tal vez esté equivocado. Tal vez debería haberme casado entonces... Eso te podría haber ahorrado a ti muchos problemas —añadió mirando a Natasha.

De repente, se sintió muy incómodo con aquella

conversación. Le había contado a Natasha cosas que él jamás había compartido con nadie. Apretó el paso.

–Sea como sea, ella ha regresado al desierto que tanto amaba.

–Rakhal, estoy segura de que no era el desierto lo que tu madre añoraba, sino a tu padre.

–¡Ya basta!

–Bueno, resulta evidente que se sintieron muy felices de volver a verse en Londres –dijo ella. Se negaba a guardar silencio–. No se me ocurre nada peor que estar encerrada en un palacio, en especial... En especial si amara a mi esposo y supiera que... No creo que a tu madre le hubiera gustado mucho saber que él estaba con su harén.

–¡He dicho que ya basta! –exclamó Rakhal. No necesitaba un sermón de una mujer que tan solo llevaba unos días en su tierra–. Tú criticas nuestras costumbres y, sin embargo, defiendes las tuyas. En mi país, se cuida y se protege a las mujeres mientras que tú tenías miedo de tu propio hermano. Además, ¿crees que existe la fidelidad en tu país?

–En algunos casos.

–Tonterías. En tu tierra, los corazones se rompen una y otra vez a causa de reglas imposibles. Aquí aceptamos que ninguna mujer puede ser suficiente para un rey. No pienso continuar con esta ridícula conversación –concluyó Rakhal. Entonces, apretó el paso y se alejó de ella.

–No te gusta discutir, ¿verdad? –dijo ella mientras echaba a correr para alcanzarlo–. Solo te gusta que se esté de acuerdo contigo. Bien, pues yo jamás lo estaré.

–Podrías tener que estarlo.

–No –reiteró ella. Entonces, se detuvo en seco bajo el fiero calor del sol. Rakhal siguió andando–. Si yo tengo que respetar tus costumbres, en ese caso tú deberás respetar las mías.

–Natasha, no tenemos tiempo para esto. El sol abrasa. Es hora de regresar a la jaima.

–No pienso regresar hasta que me escuches.

–En ese caso, estarás esperando mucho tiempo.

Por supuesto, los dos sabían que aquello era un farol. Rakhal no permitiría que Natasha pereciera en el desierto. Ella podría estar esperando un hijo suyo y eso la convertía en alguien muy especial.

Lanzó una maldición y regresó a su lado.

–Te llevaré en brazos si es necesario.

–Bien –replicó ella–. Así tendré tu oreja más cerca de la boca.

De mala gana, Rakhal soltó una carcajada.

–Tienes una respuesta para todo.

–No, Rakhal –admitió ella–. No tengo ni idea de lo que va a ocurrir si estoy embarazada. Para eso no tengo respuestas. Sin embargo, mientras esperamos a ver qué pasa, mientras estoy aquí atrapada en medio de ninguna parte, mientras me veo obligada a obedecer tus reglas, insisto en que tú cumplas al menos una de las mías. No habrá ninguna otra mujer.

–Natasha –dijo él con voz paciente, como si estuviera hablando con una niña–, ya te lo he dicho. No me puedo acostar contigo si existe la posibilidad de que estés embarazada.

–En ese caso, será mejor que te acostumbres a estar solo. Y lo digo en serio, Rakhal.

–¿Y si estás embarazada? ¿Y si nos tenemos que casar? De verdad esperas que estuviera meses, tal vez incluso un año sin...

–Resulta evidente que eso es lo que se espera de mí.

–Pero para las mujeres es diferente. Has pasado casi un cuarto de siglo sin sexo. Después de todo, tú...

Rakhal no consiguió acabar la frase. La mano de Natasha le abofeteó la mejilla.

–Si soy tu esposa, me serás fiel.

–¿Y si no lo soy? –le desafió Rakhal–. ¿Qué? ¿Te quedarás tumbada como si fueras una tabla? –le preguntó. Entonces, el brillo del triunfo se le reflejó en los ojos–. La otra noche siquiera te toqué, pero tu cuerpo...

–No habías estado con otra. Tu cuerpo no me resultaba repulsivo... entonces.

El viento comenzó a silbar por el desierto. El sol le abrasaba la cabeza mientras decía la verdad. Decidió dejar las cosas un poco más claras.

–Jamás te lo perdonaría, Rakhal. Y te aseguro que no advierto las cosas dos veces.

Capítulo 13

A PESAR de la bebida lechosa, Natasha no podía dormir. Llevaba ocho días allí e iba enloqueciendo más y más a cada día que pasaba.

Tenía los senos muy sensibles, por lo que se preguntó si iría a tener pronto el periodo. Lo que más le preocupó de todo aquello fue que no estaba segura de que quisiera que eso ocurriera. Deseaba disfrutar más tiempo de Rakhal.

Se dijo que no debería disfrutar de las conversaciones que tenían. No debería anhelar las tardes en las que jugaban a viejos juegos de mesa, se reían o simplemente charlaban. No debería tumbarse por la noche y escuchar la música, ni recordar las sombras ni imaginarse en la cama de Rakhal. No debería enamorarse de aquella tierra desconocida...

Cuando la música cesaba, deseaba poder dormir, deseaba no anhelar su compañía, por lo que se sentó allí. No debería acudir cada vez que él la llamara, pero, desgraciadamente, no podía dormir.

—¿Qué es esto?

Nunca antes había visto nada más hermoso. Sobre el suelo, había una bolsa de terciopelo negro, completamente cubierta de joyas de diferentes tonalidades de rosa, desde el rosa más claro hasta los que llegaban a ser casi de color carmesí. Rakhal estaba sentado, contemplándolas.

–¿Son rubíes? –preguntó.

–Diamantes –respondió Rakhal.

En ese momento, Natasha se dio cuenta de que estaba metida en un buen lío. Lo había comprendido cuando se despertó en el avión, pero aquel problema era de un tipo muy diferente. Cuando vio las piedras y el cuidado que él estaba tomando para decidirse, experimentó una extraña sensación en el estómago. ¿Estaba eligiendo un diamante para ella?

–También hay zafiros –dijo Rakhal mientras le indicaba que se acercara–. Es una decisión difícil. No quiero ofender.

–¿Ofender?

–Los diamantes son más valiosos, en especial los rosas, pero aquí...

Le entregó dos piedras. Las dos eran pesadas y tenían un color casi morado. Natasha las contempló a contra luz, maravillándose del calidoscopio que podía ver en ellas.

–Son muy bonitas, ¿verdad?

–Son más que bonitas –susurró Natasha.

–El problema es que son zafiros.

–Yo creía que los zafiros eran azules –comentó ella. Cuando miró a Rakhal, vio que él tenía en los labios una extraña sonrisa.

–Eso espero que sea lo primero que él piense.

–¿Él?

–El rey Emir de Alzan. Tengo que elegir un regalo para enviarle por el nacimiento de sus dos hijas gemelas. En primer lugar, pensé en diamantes. Diamantes rosas. Sin embargo, se trata de una elección demasiado evidente, por lo que he hecho que mi gente busque los mejores zafiros rosas. No quiero ofender haciendo un regalo que no sea valioso, pero esos zafiros son los mejores –dijo. Entonces, su sonrisa se hizo más cruel–. Además, es natural que cuando uno piense en los zafiros, imagine una piedra azul, y el azul te hace pensar en hijos varones. Emir debe de estar pensando... como todo el país...

–Tal vez Emir está simplemente disfrutando de sus hijas recién nacidas.

Rakhal la miró. Ella le había hablado de su familia, de sus padres y de lo mucho que los echaba de menos. De su trabajo como maestra. A cambio, él le había hablado del desierto y, en ocasiones como aquella, el desierto era el único lugar en el que ella deseaba estar. Además, aquella noche, cuando él pidió que comenzara la música, le dijo que podía quedarse con él.

–Hace muchos años, la reina dio a luz un día de luna llena –dijo. Sonrió al ver que ella cerraba los ojos para escuchar su voz. Jamás había esperado que ella se mostrara tan ávida de aprender los relatos de su país–. La reina los sorprendió a todos. El parto se adelantó y, a pesar de que estaban esperando solo un hijo, la reina dio a luz a dos. Todos se quedaron muy sorprendidos y, con la confusión, no se supo cuál de los dos gemelos había sido el primero, el que legítimamente debía ser el heredero al trono. Siempre había habido descontento en Alzanirz. El país estaba dividido...

–¿Por qué?

–Este lado honraba al cielo y el otro a la tierra. Los dos pensaban que lo suyo era lo más importante. El rey buscó consejo y se decidió la manera de contentar a todos. Cada gemelo sería rey de una parte del país.

–¿Significa eso que Emir y tú sois parientes?

–Lejanos.

–¿Y ahora él tiene gemelas?

–Habría preferido gemelos. Su esposa enfermó durante el embarazo. Tal vez no pueda volver a quedarse embarazada.

–Pobrecilla.

–Para Alzirz es bueno –replicó Rakhal–. Tal vez Alzan vuelva a unirse a nuestro país. Emir tiene un hermano, pero no tiene madera de rey. Es demasiado alocado. Emir jamás abdicaría a favor de Hassan. Y ahora él tiene dos hijas. Los gemelos dividieron nuestro territorio y ahora volverán a reunirnos.

–¿Y por qué quieres tener otro país sobre el que reinar?

–¿Por qué buscas debate donde no puede haberlo? Todo se escribió hace muchos años. No espero que lo comprendas.

–Ni quiero. No me puedo imaginar a nadie que se sienta desilusionado por tener una hija.

–No tienes que hacerlo. Aquí en Alzirz el sexo de un bebé no es motivo de preocupación. Lo único que el pueblo quiere es una descendencia sana y abundante.

Natasha había sido tan estúpida como para pensar que él podría estar seleccionando una gema para ella. Incluso había cometido la estupidez de pensar que quería ser parte de aquella tierra extraña. Se puso de pie y se dirigió a sus habitaciones.

–¿Adónde vas? –le preguntó Rakhal. Había disfrutado charlando con ella.

–A mi habitación.

–Te ofendes fácilmente.

–Y tú ofendes con mucha facilidad.

Rakhal estaba cansado de su cambios de humor, cansado de que ella le contestara siempre y, sin embargo, no estaba cansado de ella. Llamó a Abdul y le pidió que se le entregaran a Emir los dos zafiros por la mañana. Contento con su regalo y con la furia que produciría en su rival, se dirigió a su habitación. Sin embargo, ese breve placer se esfumó cuando se tumbó sobre la cama y pidió que silenciaran la música. Había recordado la noche que Natasha había compartido su cama con él.

Tal vez debería pedirle al músico que comenzara a tocar, porque su cuerpo ansiaba el de una mujer. En muchas ocasiones durante las últimas noches había levantado la mano para agarrar la cuerda que indicaría al ama del harén que él quería que le enviara una mujer. No lo había hecho. Allí tumbado, no podía dejar de pensar en Natasha y en el aspecto que tendría bajo la delicada organza. Solo la había visto cubierta, pero sabía que estaría ungida y tatuada. Aunque le estaba prohibido, ansiaba saborear, ver...

Levantó la mano para tirar de la cuerda y así no tener que pensar en Natasha. Tenía una erección con solo pensar en ella. Debería agarrar la cuerda, no a sí mismo, porque eso también estaba prohibido. Tenía veinte mujeres que podían ocuparse de sus necesidades aquella noche, pero su mente solo deseaba a una.

–¿Rakhal?

No había oído sus pasos hasta que su voz le anunció que Natasha estaba en su habitación.

–No se te permite entrar aquí –rugió él poniéndose inmediatamente de costado, pero sabía que ella había visto la elevación de la seda.

–La música no está sonando y no puedo dormir.

No podía. Por el dolor que tenía en el vientre anunciaba lo que no tardaría en llegar. Sabía que aquella era su última oportunidad de estar a solas, tal vez la última de charlar.

–No estoy cansada.

–En ese caso, tira de la cuerda para que las doncellas te lleven una infusión o te den un masaje si lo prefieres.

–Quiero hablar.

–En ese caso, haré que alguien que hable inglés venga para leerte o charle contigo.

–Quiero hablar contigo –respondió Natasha–. Esta noche las estrellas están preciosas. ¿Pueden retirar mi techo?

–Mañana pediré que lo hagan.

Rakhal quería que ella se marchara, quería llamar a una mujer del harén. No quería tener que llamar a muchos criados para que solucionaran lo del techo porque quería que ella se marchara. Lo necesitaba.

Entonces, notó que ella se sentaba sobre su cama y se quedó atónito ante tanta osadía, donde solo se permitía que estuvieran las que habían sido invitadas. Encendió la luz para recriminárselo, pero, en ese momento, deseó no haberlo hecho. Ella estaba maravillosa. El cabello le caía sobre los hombros y la boca reclamaba unos besos que él no debía darle.

–Regresa a la cama.

–No tengo diez años. No me puedes enviar a la cama. Estoy aburrida.

–Yo jamás lo estoy.

–Sí, bueno, tú tienes la mejor vista. Si yo pudiera mirar las estrellas, tampoco estaría aburrida –susurró. Se tumbó al lado de Rakhal, pero él se apartó–. No he venido a seducirte.

–Deberías irte a dormir –dijo él tras unos minutos de silencio–. Tómate la infusión...

De repente, la sonrisa que Natasha tenía en los labios se desvaneció. Con gesto de dolor, se llevó a una mano al vientre. Rakhal la observó y permaneció de nuevo en silencio.

Sabía que estaban tratando de contener una marea imposible. Podía ver la silueta de sus senos. No quería que llegara el día siguiente. No quería que sus días en el desierto terminaran.

—Yo te mostraré las estrellas.

Y así fue. Requirió una música suave y le mostró Orión. Al principio, ella no pudo distinguirla. Con su profunda voz, Rakhal le contó la historia del magnífico cazador y de la herida roja que tenía en el hombro. La estrella roja.

Entonces, ella lo vio.

—Está llegando al final de su vida

—¿Y qué le ocurrirá a Orión? —le preguntó. Ya estaba cansada, pero le encantaban sus historias.

—Se volverá más brillante durante un tiempo. Cuando explote y muera, se volverá tan brillante que será visible durante el día.

—¿Ocurrirá eso mientras nosotros estemos con vida?

—No.

—¿Cuándo?

—Dentro de un millón de años.

—¿Y eso es pronto?

—Para el desierto sí.

Quería girarse a ella, quería que sus años de vida brillaran tanto como una estrella, no por su título, sino por compartir su vida con una persona especial, pero eso no podía ocurrir en la vida de un futuro rey. Debía casarse solo por su país. No quería seguir mirando el cielo. Se sentía muy inquieto.

Natasha no. Su voz y sus historias la habían relajado. Tal vez por fin podría dormir. La infusión le estaba empezando a gustar. Tal vez le ayudaría. Tal vez haría que el dolor desapareciera para que pudiera quedarse un poco más allí. Le pediría a las doncellas que le llevaran una copa. Rakhal le había dicho que podía pedir todo lo que quisiera. Agarró la cuerda y tiró con fuerza.

–¿Qué estás haciendo? –le preguntó él mientras le apartaba la mano. Demasiado tarde.

–Quiero la infusión. Quiero algo que me ayude a dormir.

Rakhal lo intentó. Le dijo que abandonara su cama y que se marchara a su dormitorio, que la doncella se lo llevaría allí. Natasha no podía comprender la urgencia. De repente, lo comprendió todo. Vio que una mujer entraba en la habitación, escasamente vestida y con un velo tapándole el rostro. Aunque Rakhal le dijo rápidamente que se marchara en su idioma, incluso cuando la mujer se hubo ido, Natasha comprendió lo que había pasado. Creyó que iba a vomitar.

–Ha venido para acostarse contigo.

–No.

–¡Te ibas a acostar con ella esta noche! Mientras yo dormía tú estabas pensando...

–¡No! La llamaste tú cuando tiraste de la cuerda.

Natasha se echó a reír con incredulidad.

–¡Y cuando yo tiro de la mía me llevan una infusión!

–¡Yo no he tirado de la cuerda! –repitió él.

–Pero puedes hacerlo.

Natasha lo miró. Vio que los ojos de Rakhal estaban llenos de culpabilidad. Tal vez aquella noche lo habría hecho.

–Sí... Natasha, debes razonar. Ningún hombre, ningún marido, esperará un año...

–¿Un año?

–Después de tener al niño, dispondrías de tres meses de descanso.

Natasha lo odiaba. Odiaba aquella tierra.

Entre sollozos, se marchó de la habitación. Odiaba aquel lugar, con sus extrañas reglas. Odiaba en lo que ella podría convertirse. Odiaba que se le sirviera a él en bandeja una vez al año. No podía ganar. Solo perder. Odiaba que estuviera a punto de venirle el periodo y la música simplemente acrecentaba su locura. Gritó para que no siguieran tocando, pero, por supuesto, nadie le hizo caso. Volvió a gritar cuando Rakhal, con una tela alrededor de la cintura, salió de su dormitorio. Llamó a las doncellas porque Natasha estaba desquiciada y ellas se la llevaron a su dormitorio. Trataron de obligarle a beber algo que ella no había tomado nunca. Sin embargo, sus gritos se hicieron más fuertes. Gritaba como si la estuvieran envenenando.

Finalmente, Rakhal intervino y les quitó la bebida a las doncellas.

—Esto es pepino para aclararte la cabeza y castaña para tranquilizarte. También tiene ajo para calmar la ira...

—¡Me estás envenenando! ¡Me estás sedando para que puedas acostarte con ella!

—¿Estás loca? ¿Estás tan loca como para pensar que yo podría darte algo que podría hacer daño al...?

—No puedo soportar estar aquí ni un minuto más.

—Necesitas dormir.

—No puedo dormir si ellas me están observando.

—Marchaos —les ordenó Rakhal a las doncellas. Al ver que ella no se calmaba, la tomó entre sus brazos y se la llevó a su cama.

—¡No me he acostado con nadie desde que lo hice contigo! —rugió. Sin embargo, ella no se tranquilizó, por lo que él tomó una daga. Natasha lanzó un grito cuando él la levantó. Entonces, cortó la cuerda—. ¡Ya está!

Natasha dejó de gritar, pero tenía la respiración agitada.

—No me he acostado con nadie —dijo él. También le costaba respirar. Estaba de pie, justo al lado de donde ella yacía tumbada.

—¿Y sin embargo no quieres acostarte conmigo?

—No...

—No tienes que tratarme como si fuera de cristal, Rakhal.

Él comenzó a mirarla con deseo. La delicada tela casi no le tapaba nada.

—¿Qué te hicieron las doncellas?

—Me pintaron.

Los ojos de Rakhal se prendieron en los pechos de Natasha. Los pezones se erguían, levantando la tela de la túnica. Él tuvo que contenerse para no lamerlos. Sabía muy bien dónde le habían pintado. Deseaba ver, quitarle la túnica y explorar su cuerpo, ver lo que un príncipe no debería ver jamás.

—Me aburro de esperar a que me llegue el periodo. De que me traten como si fuera de cristal. Me mata estar contigo y que tú no me toques.

Rakhal no hizo nada. Ella gimió de frustración. Rakhal presintió peligro al ver que ella se levantaba de la cama.

—¿Adónde vas?

—A la cama.

—¿Para tocarte? —le preguntó. Había visto el deseo en sus ojos.

—Bueno, tus manos no lo hacen.

—Está prohibido...

—Tal vez para ti. ¿Qué vas a hacer? ¿Atarme a la cama?

—Podría ser malo para el bebé.

–Venga ya... No sabes lo que te estás perdiendo. El embarazo es algo muy hermoso. El cuerpo de tu esposa te deseará y, en vez de eso, tú estarás con esa mujer.

Señaló la cuerda cortada. Se estaba volviendo loca en el desierto, pero no solo era el sexo. Era él. Ansiaba sus caricias, el contacto con su boca. Deseaba ser la dueña de su mente, de sus días y también de sus noches.

Podría ser que Natasha lo hubiera vuelto loco a él también, porque decidió darle la espalda a las reglas. No debía hacerle el amor, pero podía besarla. La empujó sobre la cama y la hizo callar con sus labios, con su lengua. Sin embargo, sus palabras terminaron con el placer.

–Solo un beso –dijo.

–No.

Rakhal había empeorado la situación. Aquel beso había acrecentado su deseo. Ella se levantó de la cama y se fue a la suya.

Rakhal permaneció mirando el cielo para encontrar una respuesta. No había ni una sola joya sobre la faz de la tierra que pudiera igualar el esplendor de una estrella. Sin embargo, ni siquiera las estrellas podían decirle lo que tenía que hacer.

Capítulo 14

NATASHA se despertó con el sonido de las oraciones de Rakhal y supo que él no cambiaría. Tal vez, ni siquiera tenía derecho a esperar que así fuera. Después de todo, pertenecían a dos mundos completamente diferentes.

Salió a la mesa del desayuno, pero no se sentó en el suelo para esperarle. Se dirigió a la zona de aseo para poder confirmar lo que ya sabía.

Las doncellas inclinaron la cabeza cuando las informó. Entonces, regresó a su dormitorio y se vistió con las ropas con las que había llegado allí. Mientras se ponía la ropa interior, vio como los tatuajes de flores se le habían ido borrando y sintió una extraña pena de que no florecieran y se hicieran cada vez más grandes. Lloraba por algo que no había existido nunca y que jamás existiría.

Rakhal estaba sentado en el suelo tomando el desayuno. Se volvió cuando sintió que ella se acercaba. La sonrisa se le borró del rostro cuando vio el de Natasha. Entonces, se dio cuenta de que las doncellas estaban llorando suavemente. Le habían tomado mucho cariño a Natasha.

Mandó que se marcharan. Natasha se sintió aliviada por ello, dado que no podía soportar sus lágrimas. Sin embargo, ella también se sentía desilusionada. ¿Cómo podía anhelar lo que en principio había temido?

–No estaba destinado que ocurriera –dijo Rakhal, aunque en silencio maldijo no haberla poseído aquella segunda noche. Habrían tenido más posibilidades–. Debes de estar aliviada.

–Por supuesto –mintió–. Y tú también –añadió. Trató de sonreír, pero no pudo hacerlo.

–No –dijo mientras se ponía de pie. Entonces, hizo lo que no solía hacer, o lo que jamás había hecho hasta que la conoció. La tomó entre sus brazos y trató de reconfortarla–. Debería estarlo, pero no es así.

Entonces, Natasha hizo algo que nadie había intentado hacer con Rakhal. Los brazos que le rodearon el cuello le ofrecieron consuelo a él.

Natasha lloró y él la abrazó. Juntos, se consolaron por algo que jamás había existido.

–Ahora, puedes regresar a tu vida –le dijo él.

–Y tú podrás elegir tu esposa.

De repente, Rakhal comprendió que la quería en su vida. De algún modo, se enfrentaría a la desilusión de su padre y a la ira y a la desaprobación de su pueblo por una elección tan poco acertada.

–Te elijo a ti –anunció él–. Te elijo para ser mi esposa. Me casaré contigo dentro de catorce días y tú podrás volver de nuevo a mi cama.

–Solo para tener que abandonarla dos días más tarde. Solo para que me aparten de ti cuando esté embarazada y para que me vuelvan a llevar a tu lado un año más tarde.

–Así son las cosas. Así deben ser.

–¿Y el harén?

–Es nuestra costumbre.

–¡Pero no la mía! No. No seré tu esposa.

–Sé que es algo abrumador –dijo él. No había entendido lo que ella estaba queriendo decirle–. Yo me ocuparé de mi padre. Con el tiempo, mi pueblo lo aceptará.

–No necesito que me acepte tu padre o tu pueblo, sino tú, Rakhal. Y tú no lo vas a hacer. Por eso, no voy a casarme contigo.

–¿Eres consciente del honor que te estoy dando al pedírtelo? –le preguntó él. Entonces, la soltó.

–¿Eres consciente de la vergüenza que me supone que lo hayas hecho?

–¿Vergüenza?

–¡Sí, vergüenza! –exclamó ella furiosa. Había sentido la tentación de aceptar aquella proposición, pero ¿a qué coste?–. Ver como me llevan a tu cama para que te proporcione a ti y a tu pueblo herederos. Saber que cuando tengas necesidad, tú solo tienes que tirar de una cuerda. Yo quiero un compañero, Rakhal. Quiero alguien con quien compartir mi vida, lo bueno y lo malo, alguien que me desee a mí, no solo los bebés que yo puedo proporcionar. No va a ocurrir nunca, Rakhal. Quiero mi pasaporte. Quiero marcharme a casa.

–Su Alteza...

Abdul había entrado en el más doloroso de los momentos.

–¡Ahora no! –rugió Rakhal.

Sin embargo, Abdul no salió huyendo. Se dirigió a Rakhal en su idioma. Natasha observó como el rostro de Rakhal palidecía. Asintió brevemente y respondió. Entonces, se volvió hacia ella.

–Abdul acaba de darme una noticia muy grave.

–¿Tu padre?

–No, pero tengo que hablar con él. Tú me esperarás aquí.

Natasha tuvo que esperar casi una hora hasta que él

regresó. Había esperado que pudieran hablar más tranquilamente, pero Rakhal tenía otras cosas en mente.

—Tengo que marcharme —anunció—, pero mi gente te organizará el transporte, o lo que quieras. Si quieres quedarte en un hotel unos días, o ir a ver a tu hermano o... o...

Rakhal dudó. Quería pedirle que se quedara, pero le dolía que ella lo hubiera rechazado.

—Rakhal —le dijo. Estaba furiosa con él. Comprendía que tal vez le había ocurrido algo a su padre, pero se estaba deshaciendo de ella muy fríamente solo porque le había llegado el periodo, solo porque ella no aceptaba sus costumbres. Aquello era el colmo—. Realmente sabes cómo hacer que una mujer se sienta utilizada.

—Te pedí que te casaras conmigo hace menos de una hora y, a pesar de eso, me acusas de hacer que te sientas utilizada —replicó. No tenía tiempo para otra pelea ni tampoco para explicarle adecuadamente lo que había ocurrido, pero lo intentó—. Emir... Su esposa murió al alba.

—¿La madre de las gemelas?

—Sí. Debo asistir al entierro y ofrecerle mi pésame.

—Por supuesto.

En ese momento, llegó Abdul para informar a Rakhal de que ya tenía organizado el transporte. Rakhal asintió y le dijo a Natasha que tenía que marcharse. Entonces, Abdul dijo algo más, unas palabras que ella no comprendió, pero las dijo con una sonrisa. Esa sonrisa hizo que Natasha sintiera náuseas.

—¿Qué acaba de decir Abdul? —le preguntó a Rakhal cuando el asistente se hubo marchado.

—Nada.

—¿Que esto son buenas noticias para Alzirz? ¿Te ha comprado esto algo de tiempo?

–Son sus palabras, no las mías –señaló Rakhal–. Sí, nos da algo de tiempo, pero no mucho. Emir estará de luto por la muerte de su esposa, pero en Alzan el rey puede volver a casarse y ellos viven como te gustaría a ti.

Rakhal tuvo que reconocer que se sentía celoso. En Alzan, los miembros de la familia real podían vivir y amarse juntos, ver cómo crecía su familia...

–Tú también podrías...

–El pueblo jamás lo aceptaría. El rey solo se puede casar con su país. La esposa del rey ha de ser...

–¡Encerrada! Colocada en una lujosa estantería para bajarla solo cuando se le necesita –exclamó. Odiaba aquel país con sus extrañas costumbres, pero lo amaba a él–. Por favor, ¿no lo podrías pensar? Aunque no fuera para mí. Si te casas con una mujer más adecuada, ¿no podrías al menos pensarlo por ella?

–Tengo que marcharme –dijo. Efectivamente, debería irse e hizo ademán de hacerlo. No le daría un beso. Ella se había negado a convertirse en su esposa. Sin embargo, no podía hacerlo–. Quédate –añadió tragándose su orgullo–. Podremos hablar a mi regreso...

–¿Lo pensarás?

Rakhal asintió. ¿Cómo no iba a pensarlo? Sin embargo, era una tarea imposible. El rey de Alzirz solo debía pensar en su país. No en sus hijos ni en su esposa.

Mientras se montaba en el helicóptero, Abdul realizó otro comentario sobre Emir que, hacía unas semanas, podría haber hecho sonreír a Rakhal.

Aquel día no.

–Mostrarás respeto –le espetó a su ayudante.

–No se lo diré a él.

–Y tampoco deberías decírmelo a mí.

Vio el gesto de contrariedad de su ayudante. Aquellas palabras del príncipe suponían mucho más que un castigo para él. Estaba dándole la espalda a una rivalidad de siglos y, sin duda, le informaría de ello al rey. Sin embargo, aquellos días con Natasha habían cambiado las cosas. Quería la vida que Emir había llevado. Incluso el sufrimiento...

Este se reflejaba profundamente en el rostro de Emir cuando Rakhal entró en el palacio de Alzan y le besó en ambas mejillas. Le ofreció su pésame y, en aquella ocasión, habló directamente desde el corazón.

Una niñera inglesa tenía en brazos a las dos niñas. Estaba llorando. Rakhal se acercó a ellas y les dio un beso a las pequeñas y les ofreció también su pésame. Las niñas estaban llorosas e inquietas. Una mujer con el rostro cubierto se disculpó con Rakhal.

—Echan de menos la leche de su madre.

Rakhal no regresó junto a los hombres. Tomó en brazos a una de las niñas, que le dijeron que se llamaba Clemira, y le dijo a la mujer que lo que la niña echaba de menos era a su madre. En aquel momento, él también echaba de menos a la suya.

De repente, unos zafiros rosas no le parecieron un regalo adecuado.

Se dio cuenta de que la reina había sido indispensable. Miró a Emir y se dio cuenta de que él había amado verdaderamente a su esposa. En aquellos momentos, Emir tendría que pasar por la agonía de encontrar otra esposa mientras aún lamentaba la pérdida de su primera esposa.

Como le pasaba a él.

Capítulo 15

S E LE han dado muchos privilegios.

Natasha quería ver a Rakhal, pero aquella noche quien regresó fue Abdul. El asistente del príncipe le comunicó su recompensa: podía viajar libremente para ir a ver a su hermano, ir al desierto, al harén o tal vez a darle una sorpresa a Rakhal. Este iría a verla también de vez en cuando a Londres.

El significado y la intención estaban muy claros. Natasha se imaginó su futuro. Una vida sin preocupaciones, porque él le había pagado generosamente por el tiempo que había pasado allí. Además, las deudas de su hermano habían sido satisfechas. Podría regresar a Alzirz cuando quisiera, pero eso le provocaría un gran sufrimiento.

Tener al hombre que amaba de vez en cuando, en una relación sin ataduras, como una fantasía exótica de la que podría disfrutar de vez en cuando... hasta que él se cansara de ella.

—Rakhal sabe que yo jamás accederé a algo así —replicó—. Quiero hablar con él.

—En estos momentos, el príncipe Rakhal debe concentrarse en sus deberes. Lo he preparado todo para que usted pueda regresar a Londres.

—No. Quiero verlo.

—No se trata de lo que usted quiera. El príncipe lo sabe y, por eso, le ha concedido este sello.

Natasha miró su pasaporte y vio el sello de oro que solo Rakhal podía conceder. Lo que más le dolía no era aquella grosera proposición, sino el hecho de que, con aquella oferta, se consideraba que ella siempre le pertenecería. De algún modo, también su corazón sería siempre de él. Después de Rakhal, ya no le bastaría con nadie...

–Ahora, debo regresar con el príncipe. Un helicóptero la llevará al aeropuerto.

Se quedó sola en la cama de Rakhal mientras esperaba que llegara el helicóptero. Quería hablar con él una vez más, quería que Rakhal la mirara a los ojos y le dijera que todo había terminado.

Podía oír las risas y los ruidos del harén, los chapoteos en la piscina y la música. Suplicó a las estrellas que le dieran una respuesta, pero no obtuvo nada. Entonces, una, que tal vez era un planeta, pareció lanzar un destello dorado y su corazón se llenó de esperanza.

–No debería estar aquí –le recriminó el ama del harén tras separar la cortina. Natasha le mostró el sello de oro de su pasaporte–. Sin embargo, eso será cuando yo lo elija –le advirtió el ama–. No se la llamará por el momento. Cuando regrese del entierro, el príncipe estará en profundo *tahir*, pero eso cambiará antes de la boda.

El sello de oro le daba un estatus algo extraño. Aquella noche, cuando un furioso Abdul entró en la tienda para insistir en que ella tomara su vuelo a Londres, el ama lo echó de la estancia. Allí, era ella la que mandaba.

Natasha aprendió mucho esos días. El harén no era lo que se había imaginado. Las mujeres estaban muy cuidadas. Se les daban masajes, se les ungía y se les proporcionaba toda clase de cuidados para que estuvieran hermosas. Se pasaban el tiempo charlando y riendo, leyendo y nadando, como si fueran un grupo de amigas pasando unas lujosas vacaciones juntas.

–El príncipe nos mima mucho –dijo Nadia, que tenía un marcado acento francés.

Natasha se había sorprendido mucho al averiguar que no todas las mujeres eran de Alzirz. Parecía que al príncipe le gustaba la variedad.

–Antes de venir aquí –le explicó Calah, que era de Alzirz–, mi familia era pobre y a mí me iban a casar con un viejo. Huí. Habría tenido que trabajar en la calle, pero tuve suerte y me eligieron. Ahora, vivo rodeada de lujo y a mi familia no le falta de nada. Estoy estudiando para sacarme un título. Algunas veces, estoy con el príncipe, lo que es siempre muy placentero.

Natasha se sonrojó al oír como las otras mujeres hablaban de él. Temía que sonara la campana porque, para Natasha, sería el fin si el ama no la elegía a ella la primera.

Sin embargo, los días fueron pasando y la campana no sonaba. Entonces, Natasha se enteró del porqué.

–Está con el rey –le explicó el ama–. Muy pronto, se anunciará quién será su esposa. Dicen que mañana –añadió. Sonrió a sus chicas y todas menos Natasha le devolvieron la sonrisa–. Nuestro príncipe anunciará quién será su esposa.

Capítulo 16

RAKHAL observaba las calles desde las ventanas de palacio. Las celebraciones ya habían dado comienzo.

—Resulta agradable ver a la gente tan contenta —dijo el rey—. Temen mi muerte porque saben que ocurrirá pronto. La boda les consolará.

—La gente no tiene nada que temer —afirmó Rakhal—. Yo seré un buen líder.

Así sería. Tenía cambios preparados para el país y sabía que su pueblo estaba preparado para afrontarlos. Estaba decidido a modernizar el país, aunque a un ritmo que no causara daño alguno. En cuando al desierto, su corazón le decía que debía protegerlo. Para todo aquello, necesitaba tiempo para meditar, no una esposa que le exigiera que hablara con ella y que tuviera una rabieta cuando estuviera aburrida. Sin embargo, al mismo tiempo su corazón anhelaba todo aquello.

—Me quedan solo días —susurró el rey—. Muy pronto, mi pueblo estará de luto. Debes cambiar eso. Debes darle un heredero, darle esperanza.

Rakhal observó a las personas que abarrotaban las calles y pensó en la pena que muy pronto los embargaría. Una pena que solo una esposa y un bebé serían capaces de apaciguar.

Sin embargo, no podía encontrar la esposa que

quería. Los suyos aún seguían buscándola. Abdul le había informado que ella había regresado a Londres, pero ella no aceptaba sus llamadas.

Rakhal no había creído posible que se pudiera sufrir tanto la ausencia de una persona viva, pero así era. Además, no comprendía cómo Natasha podía haberse marchado sin hablar con él.

—Si me voy a Londres...

—¡Ya basta! —exclamó el rey. Estaba furioso con su hijo porque aún no se hubiera olvidado de Natasha—. Sigues tratando de posponer tu deber a pesar de que la muerte ya me está rondando.

—No quiero posponerlo. Sé que tengo que casarme, pero si pudiera hablar con ella...

—¿Y qué le ibas a decir? ¿Que te amoldas a sus deseos en vez de servir a tu pueblo? ¡Nunca! Mañana, quiero que salgas a ese balcón con el cordón de oro para que el pueblo sepa que has elegido esposa.

Rakhal frunció el ceño.

—Mañana saldré al balcón con el cordón de oro, pero ahora regreso al desierto. Allí, lo festejaré y lo celebraré y mañana regresaré y elegiré entre tus candidatas.

—Es mejor que te quedes aquí y que guardes tu semilla para tu esposa.

—Estoy seguro de que tengo más que suficiente.

No cedió ante su padre ni siquiera en aquellos momentos. Regresó al desierto para recorrer la tierra de su madre con su águila en el brazo.

Desde que Natasha se marchó, ni se había afeitado ni se había bañado. Rezó y se sentó para tratar de meditar. En aquel momento, un diablo de arena se formó en la distancia. Escuchó a su madre riéndose de sus problemas. Ella no comprendía que al día siguiente debía anunciar que tomaba esposa y que la gente sentiría pánico si no ocurría así. Ella siguió riendo y bailando. Rakhal no comprendió por qué.

Dejó que el silencio del desierto se apoderara de él, que la voz del viento y las historias de la arena se adueñaran de él. Confiaba en las respuestas. Sin embargo, por mucho tiempo que permaneció sentado para tratar de centrarse, de pensar en el país y en el liderazgo que muy pronto sería suyo, tan solo podía pensar en Natasha.

Amaba el desierto. Amaba las estrellas. Buscó consejo en las dunas y, de repente, supo lo que tenía que hacer.

Tomó su águila y la dejó volar. Repitió el gesto una segunda vez. Si lo hacía una tercera, alertaría a los beduinos. Pero, si el pájaro dejaba de volar después de tres veces, el ermitaño del desierto sabría que buscaba consejo.

Rakhal no solía hacerlo, pero una hora más tarde estaba sentado con el hombre que había visto ciento veinte lunas amarillas y, una vez más, volvió a escuchar lo de las dos pruebas. En silencio, Rakhal se preguntó por qué había preguntado a alguien tan anciano sobre costumbres que debían ser nuevas.

—Tengo que pensar en mi país, pero no hago más que pensar en ella. Tengo que dejar de pensar en ella.

—Te guiaré en tu meditación. Lleva tu mente a las estrellas y más allá.

Rakhal hizo lo que el anciano le había pedido, pero seguía viendo el rostro de Natasha.

El anciano lo llevó más allá, más allá de Orión, de los planetas, pero allí seguía ella.

—Hasta los confines del universo —dijo el anciano.

Natasha seguía allí.

—Hasta el final del universo.

Ella estaba esperando.

—Más allá del fin...

Allí seguía ella.

—De nuevo más allá del fin.

Su imagen no se borraba.

—No termina —dijo Rakhal con frustración tras abrir los ojos.

—No puede terminar —replicó el anciano poniéndose de pie—. Confía en el desierto. Confía en las tradiciones y en las costumbres de los antepasados.

—Ella no quiere las costumbres de los antepasados.

—Esta noche, deberías confiar en ellos.

Rakhal regresó a su jaima. Declinó un festín de frutas y música para agradarle. Observó cómo el *arak* se volvía blanco cuando Abdul añadía hielo y rechazó la *hookah*.

—Deseo bañarme.

Llamó a las doncellas y le pidió a Abdul que se marchara. Se dejó afeitar y, entonces, se levantó del baño completamente desnudo. Abdul aún no se había marchado.

—Quiero que te vayas —le dijo. Entonces, ordenó al músico que tocara una música más acorde con su estado de ánimo.

—Beba —le dijo Abdul mientras le ofrecía un vaso—. Celebre estas últimas horas de libertad.

En aquel momento, Rakhal estuvo completamente seguro de que ella estaba cerca.

Capítulo 17

S E HA bañado! –exclamó el ama mientras daba palmadas para llamar la atención de sus chicas–. Y se ha afeitado, ha pedido música y la comida más fuerte...

El ama se interrumpió cuando Abdul apareció. Natasha observó como la mujer entornaba la mirada mientras Abdul le susurraba algo al oído.

Todas estuvieron esperando, pero la campana no sonó. Natasha contuvo el aliento. Tal vez Rakhal había cambiado, aunque no hubiera sido por ella. Entonces, vino la desilusión cuando la campana sonó por fin. Se imaginó la mano tirando de la cuerda sobre la cama. Se produjo un enorme revuelo de actividad. Las chicas se ungieron con aceite y se peinaron el cabello. Se retocaron el maquillaje y charlaron animadamente mientras trataban de averiguar quién sería la elegida. Natasha contuvo el aliento y rezó para que fuera ella.

–Nadia.

El ama cubrió a la joven con un *yashmak* y la perfumó abundantemente con un pulverizador. Natasha sintió náuseas porque era el mismo aroma que había olido la última noche.

–Ha pasado mucho tiempo. Estará muy necesitado.

El ama le dio instrucciones a Nadia. Cuando la joven se marchó, Natasha se dejó caer sobre los cojines y cerró los ojos para no llorar, tratando de imaginarse sin conseguirlo lo que los dos estarían haciendo.

Nadia regresó quince minutos después.

—Dejad a Nadia —les ordenó el ama cuando todas menos Natasha rodearon a Natasha para preguntarle por el príncipe—. Iba a bañarse y a descansar.

Sin embargo, el ama frunció el ceño al ver que Nadia regresaba a los cojines y guardaba silencio. Las otras chicas fruncieron también el ceño. Normalmente, la afortunada regresaba mucho más contenta.

Rakhal la avergonzó una y otra vez.

La campana estuvo sonando toda la noche. Natasha apretó los ojos con fuerza a medida que todas las mujeres fueron regresando. Por fin, la campana quedó en silencio y todas las mujeres se tumbaron para dormir. Y Natasha rezó para que amaneciera pronto. Entonces, él se entregaría a sus oraciones y ella se marcharía. Se iría de allí con la primera luz del día.

Pero la campana volvió a sonar.

El ama se puso de pie y separó la cortina. Entonces, miró a Natasha. Se llevó un dedo a los labios y la llamó.

Natasha estaba vestida con una falda muy corta rematada con un borde de monedas. Debajo, estaba completamente desnuda. Llevaba cubiertos los senos con la misma clase de ruidosa tela. Se le colocó un velo justo debajo de los ojos. Se le explicó lo que significaría si él le pedía que se quitara el velo. Natasha decidió que, si lo hacía, ella le daría una buena bofetada. Cuando el ama se acercó a ella con el perfume, Natasha negó con la cabeza. El aroma seguía poniéndola enferma, pero el ama insistió.

—Él tendrá sueño —le explicó el ama—, así que tal vez no puedas sorprenderlo.

¿Sorprenderlo? Natasha estaba más dispuesta a escupirle a la cara, pero prefirió no decírselo al ama.

—Tal vez no quiera conversación. Haz tu deber en silencio. Deja que su mano te guíe y, si él te habla, dile que hablas inglés. Sin embargo, no suele hablar. El príncipe Rakhal no gasta el tiempo en conversar.

El ama le puso una pulsera de oro y enormes pendientes en las orejas porque, según le dijo el ama, al príncipe le gustaba el ruido. A Natasha le molestó enterarse por otra mujer.

Entonces, le colocó la *yashmak*. Antes de que saliera, el ama volvió a llevarse el dedo a los labios. En el exterior de la tienda, dormía Abdul. Natasha sintió una ligera esperanza dado que sospechaba que las órdenes de Abdul habían sido que no se le permitiera a ella acercarse a Rakhal.

El ama llevó corriendo a Natasha hasta la tienda de Rakhal y le susurró:

—Él se merece la felicidad.

Entonces, le dio un beso en la mejilla. Tenía los ojos llenos de lágrimas.

Natasha entró en solitario en la tienda. Lo vio tumbado en la cama. En unos instantes, se enfrentaría a él.

Entonces, con la cabeza bien alta, decidió que, más bien, Rakhal se enfrentaría a ella.

Capítulo 18

NATASHA seguía sin responder el teléfono. Rakhal estaba tumbado de espaldas en la cama, sabiendo que era una tontería esperar que así fuera.

Llevaba toda la noche esperando a que ella regresara a él. Había hecho lo que le habían dicho y había confiado en las costumbres de sus antepasados. Hasta se había convencido de que su padre y Abdul le habían mantenido alejado del harén por una razón.

Pronto llegaría la mañana. Rezaría y regresaría a palacio. Ya no podía posponerlo más. Aquel día anunciaría quién sería su esposa y ya no habría vuelta atrás.

Oyó unos suaves pasos y el tintineo de las joyas. Cuando la mujer entró acompañada del olor del pesado perfume del ama, el último vestigio de esperanza se desvaneció. Sabía que a Natasha no le gustaban las joyas ni el perfume. También sabía que Natasha jamás se habría unido al harén. Todo había sido un sueño.

La habitación estaba oscura cuando Natasha entró en ella. Permaneció de pie durante un instante, mirando la cama sobre la que él yacía desnudo, con una tela de seda sobre la entrepierna. No levantó la mirada cuando ella se le acercó. No la miró. Se limitó a hablarle en árabe.

Natasha no respondió. Tenía miedo de que él la reconociera, que se enojara con ella. Se acercó lentamente a la cama y extendió la mano hacia él. Quería explicarle que por fin estaba allí para que pudieran hablar. Sin embargo, ¿de qué servía ya? Se sentía engañada después de la noche anterior.

–¿Acaso no has entendido lo que te he dicho? –le preguntó él mientras le agarraba la mano que ella había extendido para tocarle–. He dicho que tienes que tomar la joya que hay encima de la mesa.

Natasha no comprendía, aunque en aquella ocasión él le había hablado en inglés. El ama no le había dicho nada de aquello.

Cuando él le soltó la mano, Natasha la mantuvo sobre el vientre de él. Vio el vello oscuro que tanto le había excitado la noche que se conocieron. Decidió que, en vez de pelearse con él, disfrutaría de Rakhal por última vez antes de que la magia se esfumara. Trazó ligeramente el vello con el dedo. Vio como él tensaba el vientre.

–Toma la joya y no hables de esto nunca con nadie. Ahora, ve a sentarte en esa silla durante un tiempo adecuado. Si hablas, aunque sea con tus compañeras, lo sabré. Debes tomar la joya como pago por tu silencio. Mi mente piensa en otra. Tengo que pensar.

Sin embargo, su cuerpo lo traicionó. Aquellos dedos trazaban el vello de su vientre de tal manera que le provocaron una erección. La seda se apartó. Fue como si la piel de Rakhal la reconociera.

Aquella caricia era tan ligera que podía haber sido la de Natasha. Rakhal le impidió seguir. Entonces, notó las pulseras que le indicaban claramente que no era ella. La mujer se soltó, pero solo para quitarse las pulseras.

—Toma la joya y márchate —le ordenó de nuevo. Sin embargo, la mano regresó. En aquella ocasión, él no la detuvo. La mano que le acariciaba en aquellos momentos no hacía ruido.

Había esperado tan ansiosamente encontrar a Natasha que, sin que pudiera evitarlo, su cucrpo se rindió.

Natasha observó fascinada como su cuerpo despertaba. Era como si su piel le diera la bienvenida aunque él no supiera de quién se trataba.

—Mi mente piensa en otra...

—Yo puedo ser esa mujer —susurró ella. Sabía que era ella en quien Rakhal estaba pensando. Sonrió—. Puedes seguir pensando en ella...

Comprendió por fin el silencio de las demás mujeres. A pesar de que él volvió a sujetarle la mano, consiguió deslizarle los dedos sobre el imponente miembro que la esperaba. Entonces, llevó la mano que la agarraba hasta su seno.

—¡He dicho que tomes la joya! —exclamó con los dientes apretados.

Su mente le estaba jugando una mala pasada. Bajo el empalagoso perfume, le pareció oler el delicioso y fresco aroma de Natasha, pero no quería abrir los ojos y volver a desilusionarse. ¿Era aquello lo que iba a tener que hacer el resto de su vida? ¿Cerrar los ojos e imaginarse que era ella?

—Por favor... —le suplicó a aquella mujer, que debería estar obedeciendo sus órdenes.

Sin que él se lo ordenara, ella se había quitado el velo. Le colocó los labios sobre la punta. Rakhal sintió su cabello sobre el vientre y se lo agarró para obligarla a levantar la cabeza, para decirle que parara, pero el diablo le suplicó que la dejara seguir. Aquella boca era un bálsamo tranquilizador. La lengua sabía exactamente lo que hacer.

—Déjame ser ella...

Natasha sonrió sin dejar de lamer su deliciosa longitud. Entonces, se introdujo la punta en la boca y la acarició lentamente. Maldijo el sonido de sus pendientes, porque lo distrajeron. Entonces, él le agarró del cabello y tiró con fuerza para obligarla a levantar la cabeza.

—¡Amo a otra!

Lo dijo con voz enojada, pero a ella le resultó delicioso escuchar aquellas palabras.

—En ese caso, déjame amarte.

Se quitó los pendientes y volvió a aplicar la boca.

—Solo voy a compartir mi cama con ella. Mi gente la está buscando...

Sin embargo, aquella boca era maravillosa y él, débil.

Debía librarse de aquella mujer que se le había metido en la cama, que sabía lo que le gustaba, que lo debilitaba. Encendió la lámpara para terminar con aquella fantasía, pero, al hacerlo, vio una cascada de rizos rojos cayendo sobre él. La piel era tan blanca... Era una crueldad que alguien lo pusiera a prueba así.

Levantó la cabeza y, entonces, vio que se trataba de Natasha.

—Natasha —susurró. A pesar del perfume y del maquillaje, estaba seguro de que era ella—. Te he estado buscando...

—Y yo he estado aquí. Tu sello de oro me concedió el acceso a todas las zonas.

—No te concedí ese...

—Solo tú puedes.

—O el rey.

Sabía hasta dónde era capaz de llegar su gente para mantener a salvo las tradiciones, pero que su padre tomara parte tan activamente le produjo un gran dolor.

—Ni siquiera te estaban buscando.

—Abdul sabía dónde estaba —le explicó ella—. En estos momentos, está ahí fuera, guardando la puerta del harén. O eso se suponía.

La ira lo hizo levantarse de la cama. Se puso de pie y buscó una túnica por la sala. Primero iría a por Abdul y lo mataría con sus propias manos. Estaba ciego de furia.

—Se quedó dormido. Creo que pensó que tú ya habías terminado por esta noche.

Al notar que la voz de Natasha temblaba también de ira, decidió que se ocuparía de Abdul más tarde. En aquellos momentos, tenía algo más importante que hacer.

—Les pagué una joya por su silencio —dijo Rakhal—. No podía pensar en estar con otra mujer desde que estuve contigo.

—Sin embargo, un día podrías desearlo. Cuando a mí me estén cuidando, o cuando nos hayamos peleado porque yo no haya estado de acuerdo con algo que tú hayas dicho o cuando yo sea vieja y enferma...

—No —susurró él—. Esos días se han terminado.

—Eso es lo que dices ahora...

Rakhal había hablado en serio. Ante sus ojos tenía a la única persona a la que no importaba su título, ni los lujos ni el prestigio que le reportaría estar casada con él. Rakhal era lo único que quería. Era maravilloso ver el amor en sus ojos y reconocerlo.

Entonces, se lo pidió por primera vez cuando, anteriormente, lo había dicho otorgándole un honor.

—¿Quieres ser mi esposa?

Natasha permaneció en silencio. Si aceptaba, se tendría que conformar con dos noches al mes, pero sabiendo que él la amaba. Y ese silencio lo obligó a él a continuar.

–¿Quieres compartir mi vida? ¿Mi vida entera?

–Tu pueblo... Tus tradiciones...

–Mi pueblo quiere un rey fuerte y yo seré más fuerte contigo a mi lado. Con el tiempo, lo comprenderán.

La tomó entre sus brazos y la vio por primera vez. Le trazó los labios con los dedos para asegurarse y, después, volvió a saborearlos para demostrárselo a sí mismo. Entonces, tomó un trapo y lo mojó en agua. A continuación, le lavó el perfume y le quitó la ropa que ella se había puesto para él. La besó hasta que la volvió loca de deseo, hasta que sus cuerpos quedaron unidos en su propio ritmo, hasta que ella arqueó el cuello y gimió de placer. La música se acrecentó y sus cuerpos se movieron al unísono.

Natasha se prometió que habría cambios, pero, aquella noche, celebraría las costumbres del desierto y la música que estaba hecha para ellos.

–Me podría pasar el resto de la vida haciéndote el amor...

Se la imaginó embarazada de su hijo, con los pechos henchidos y grandes. Disfrutaría con todos los cambios de su cuerpo. Sería testigo de cada uno de ellos.

Natasha se colocó encima de él y le hizo el amor a él. Se entregó completamente, se dejó llevar a un lugar nuevo, a un futuro que sería diferente. No tenía miedo, porque Rakhal caminaría a su lado.

Sintió los primeros temblores del orgasmo. Ya no pudo pararlo. La música los animó y, sin protección alguna, Rakhal se vertió dentro de ella.

—Nos casaremos pronto.

Rakhal la abrazó y ella no se resistió porque también lo deseaba.

—Mi gente se enterará hoy de que he elegido a mi futura esposa.

Sin embargo, quería algo más que eso para Natasha. Quería que los cambios comenzaran aquel mismo día.

—Hoy verán a quién he elegido. Regresaré al palacio contigo a mi lado. Y tú saldrás al balcón junto a mí.

Más tarde, se llevaron a Natasha para bañarla. Las doncellas conocían el secreto y podría ser que ella se hubiera quedado embarazada. En aquella ocasión, cuando la ungieron y le hicieron los tatuajes de henna, Natasha sabía que volvería al lado de Rakhal. Aquel día, le resultó agradable que le dibujaran hermosas flores en el vientre, flores que deseaba ver crecer.

También bañaron a Rakhal y lo vistieron con una túnica negra. Su kufiya debería atarse con un cordón de plata hasta que anunciara su elección, pero él ya lo llevaba de oro. La elección ya estaba tomada.

Cuando se sentaron en el helicóptero, Natasha se sentía muy nerviosa. Rakhal estaba a su lado, agarrándole la mano. Ella miró a Abdul, que estaba sentado frente a ellos, muy pálido y sudoroso. Rakhal aún no le había dicho ni una palabra a su ayudante.

Natasha tampoco dijo nada mientras esperaba en una sala con las doncellas a que Rakhal y Abdul entraran a hablar con el rey. Esperó escuchar gritos, protestas, ira, pero las paredes debían de ser muy gruesas porque lo único que se escuchó fue el murmullo de la profunda voz de Rakhal.

—¿Qué ha dicho?

–Que no nos da su consentimiento. Que la boda no puede seguir adelante sin su bendición.

Ella sintió que se le hacía un nudo en el estómago. Parecía que el peso de la tradición iba a terminar por separarlos, pero Rakhal se encogió de hombros.

–Yo le he dicho que no necesito su bendición –prosiguió–. Que le presentaré mi futura esposa a mi pueblo hoy y que nos casaremos cuando yo sea rey si es eso lo que quiere mi padre. Le dije que había aprendido no solo de nuestras enseñanzas, sino también de nuestros errores, de sus errores, de lo mucho que él lamentaba no tener a mi madre a su lado.

Natasha oyó llorar a Abdul a su lado.

–Lleva años lamentando su muerte. Podría haber estado con ella. Mi madre no añoraba el desierto, sino a él. Como he aprendido de sus errores, he elegido hacer las cosas de un modo diferente. Si no...

Natasha terminó la frase por él.

–Tú nunca abandonarías a tu pueblo.

–Por supuesto que no. Mi pueblo confía en que yo tome la decisión adecuada. Ellos no me abandonarán a mí.

Su rostro se tensó al terminar de decir aquellas palabras. Natasha no estaba tan segura.

–Ahora debemos ir a saludar al pueblo –anunció él.

Subieron por una amplia escalera. Natasha oía los gritos y los vítores de las personas que esperaban en el exterior y que esperaban que su príncipe saliera. Ella se sentía terriblemente nerviosa, en especial cuando las doncellas le quitaron la túnica y le colocaron el cabello. Entonces, miró a Rakhal, a quien también estaban preparando. Su kufiya ya lucía un cordón dorado. Estaba erguido y orgulloso, dispuesto a someterse al juicio de su pueblo.

–Sea cual sea su respuesta, quiero que sepas que te quiero.

Natasha no podía hacerle aquello ni a él, ni a su pueblo ni al rey. Sin embargo, Rakhal silenció sus protestas y ordenó que se abrieran las puertas del balcón. Entonces, tomó la mano de Natasha y salió al exterior.

El ruido era ensordecedor. A medida que los gritos fueron acallándose, el silencio lo fue aún más. El pueblo vio a su príncipe con la mujer que había elegido para que fuera su esposa. Comenzaron a escucharse exclamaciones de asombro al darse cuenta de que ella estaba a su lado. El cabello le flotaba sobre el viento.

Entonces, se escuchó una tos a sus espaldas y los dos se volvieron. Natasha vio por primera vez al rey, una versión más delgada y más anciana de Rakhal. En su rostro, llevaba grabado el dolor de media vida de arrepentimiento. Natasha sintió un cariño inmediato hacia él, en especial cuando el rey se acercó a ella y le tomó la otra mano para luego levantarla hacia la multitud. Se volvieron a escuchar vítores, gritos y aplausos porque el rey había bendecido la elección de su hijo.

Unos días más tarde, Natasha estaba vestida de oro, como lo había estado la primera noche. La condujeron ante él. Ella hizo una reverencia ante el rey y sonrió a su orgulloso hermano.

Se casaron en los jardines de palacio y luego recorrieron las calles de la ciudad para que el pueblo los aclamara. En la mirada del príncipe heredero siempre había habido una tristeza que había desaparecido por fin. Habían llorado la muerte de su madre y habían visto como la felicidad moría en los ojos del rey. Sin embargo, por fin el amor había regresado a Alzirz y por eso todos los presentes gritaban de alegría. Por el amor que el príncipe había encontrado con su esposa.

Epílogo

EL REY había regresado al desierto justo antes de la puesta de sol. Había durado otros tres meses, pero la muerte, cuando llegó para llevárselo, fue rápida. Aquella mañana, fueron convocados con urgencia para despedirse de él.

Uno a uno, se acercaron a él. Incluso el rey Emir de Alzan y las pequeñas princesas. Aunque existía rivalidad, las tradiciones pesaban mucho más.

Después de que Natasha entrara para ver al rey, se sentó con Amy, la niñera de las princesas de Alzan.

–¿Cómo están? –le preguntó. Las niñas eran preciosas. Tenían unos enormes ojos negros, solemnes como aquel día.

–Están bien –respondió Amy con una tensa sonrisa.

–¿Y el rey Emir?

–No lo sé. En realidad, no lo vemos mucho, ¿verdad, niñas? –añadió, mirando con tristeza a las pequeñas.

–Pero...

A pesar de que tenía muchas preguntas, decidió que no era el momento. Rakhal le había dicho que en Alzan las cosas eran diferentes y que los reyes criaban a sus propios hijos, pero, evidentemente, no era así. Natasha miró a Emir, que acababa de salir de hablar con el rey y vio que él no miraba a sus hijas. Se sentó en silencio a rezar.

Entonces, le tocó a Rakhal entrar. Él permaneció con su padre hasta el fin.

Estaban en el lugar donde el palacio se entregaba al desierto. Hubo llantos y lamentaciones, pero Rakhal se mantuvo fuerte y digno todo el día.

—Nos quedaremos en el desierto —le explicó Rakhal—. Los demás, regresarán ahora a palacio. Es momento de profundo *tahir* para mí, por lo que tú debes encargarte de despedir a todos los invitados.

Entre los invitados a los que tuvo que despedir estaba su hermano Mark, que estaba muy bien. Amaba la tierra tanto como Natasha. Seguía trabajando en las minas a pesar de que era miembro de la familia real. Natasha se sentía muy orgullosa de él. Resultaba maravilloso verlo tan fuerte y tan sano.

Cuando terminó, Natasha regresó con su esposo. Él se estaba despidiendo de Emir y dándole las gracias por su asistencia. Emir la saludó muy formalmente cuando ella se le aproximó.

—¿Cómo están las gemelas? —le preguntó ella para entablar conversación.

—Con la niñera —respondió él de mala gana.

Entonces, besó a Rakhal en las dos mejillas y se marchó a su coche. Natasha vio a la niñera con las niñas en el coche que iba detrás. Decidió que Amy le había dicho la verdad. Las niñas estaban presentes para guardar las apariencias. Emir ni las había mirado.

Aquella noche, no podía pensar en el dolor de Emir. Rakhal y ella se dirigían en silencio a la jaima que los dos tanto amaban, aunque en aquella ocasión su estancia no sería tan gozosa como en otras ocasiones. En los últimos tres meses, Natasha le había tomado mucho afecto al rey y la relación de Rakhal con su padre había mejorado mucho.

—No sufrió —dijo ella mientras se quitaba los zapatos.

—Estaba contento de marcharse —susurró él con una triste sonrisa—. Cuando estábamos los dos solos, me dijo que, en ocasiones, podía ver a mi madre bailando en los diablos de la arena y que aquel día la veía mucho más claramente. No era solo yo quien la veía en el desierto.

Natasha sintió deseos de llorar, pero se unió a Rakhal en la mesa baja mientras una doncella les servía agua. Se la bebió y esperó que les sirvieran la comida.

—Ahora, voy a rezar —dijo Rakhal levantándose repentinamente—. Descansa si estás cansada.

—En realidad, tengo mucha hambre —admitió.

Rakhal hizo un gesto de pesar.

—No te lo he explicado, pero, durante dos días, el país estará de luto. Durante dos días, ayunaremos y rezaremos. Cuando regrese al palacio, se celebrará un banquete que yo presidiré. En ese momento, asumiré mi papel de rey. Ahora, tengo que prepararme para ese momento. Ahora, rezaremos por mi padre, que sigue siendo el rey.

—No sé si puedo...

Vio que Rakhal fruncía el ceño y la miraba con desaprobación.

—En muchas cosas he hecho lo posible por escucharte y realizar cambios donde me ha sido posible, pero no me desaires en esto. Si lo haces, estarás desairando también a mi padre y él ni siquiera se ha enfriado en su tumba...

Rakhal se marchó a sus habitaciones. Natasha lo siguió.

—Rakhal, por favor —susurró con lágrimas en los ojos—. No quería decírtelo hoy, cuando aún estás llorando por la muerte de tu padre, pero me he enterado justo antes de que tuviéramos que despedirnos de tu padre –añadió. Vio algo de luz en los ojos de su esposo–. No podía esperar a la luna. Fui a ver al médico de palacio esta mañana, justo antes que tu padre. Él confirmó que estoy embarazada. Sinceramente, no sé si puedo ayunar. Por supuesto, si se me permite, lo haré...

–¡No!

No podía asimilarlo. Debía estar rezando, pero tomó a su esposa entre sus brazos.

–Me sabe mal ser tan feliz en estos momentos, pero resulta agradable tener esperanza. Mi padre estaría tan feliz...

–Así es –afirmó ella–. Cuando entré para despedirme de él, se lo dije. Por supuesto, debería habértelo dicho primero a ti, pero acababa de enterarme. Se lo dije a él –repitió. Entonces, recitó lo mejor que pudo las palabras que el rey le había respondido.

–«Mi vida está completa» –dijo Rakhal traduciendo las palabras–. A mí no hacía más que decirme que muy pronto Alzirz tendría motivos de celebración. No comprendí que él sabía algo que yo todavía desconocía.

Ya habría tiempo para la alegría y la celebración más tarde. En aquellos momentos, Rakhal debía rezar. Natasha tomó un tentempié ligero. Durante dos días, él no le haría el amor. Durante dos días, rezaría por su padre y por su país. Sin embargo, a la tercera noche, cuando se metió en la cama con ella, fue un alivio muy dulce tomarla entre sus brazos, un alivio que, con las costumbres antiguas, podría no haber conocido nunca. La tradición dictaba que aquella noche debería haber sido también larga y solitaria.

–¿Tienes miedo de ser rey? –le preguntó ella.

–Nunca tengo miedo...

–Yo lo tendría.

–Yo lo tendría también si no te hubiera encontrado.

–Vas a ser un gobernante maravilloso.

–Lo sé –dijo. No cra vanidoso. Simplemente tenía razón–. Soy bueno para mi pueblo.

–Y Emir también. Como lo serán sus hijas.

Rakhal no respondió. Aquella noche, Natasha prefirió no presionarle más. Ya lo haría algún día.

–Nos moriremos juntos en esta cama –dijo él abrazándola con fuerza–. O yaceremos solos y tristes mientras envejecemos pensando en el otro.

En lo más profundo de la noche, Natasha se despertó. El ligero tentempié que había tomado no era suficiente, pero, como estaban de luto, se lo preguntó a Rakhal para asegurarse.

–Toma un poco de esa infusión –le dijo él con voz somnolienta mientras la estrechaba entre sus brazos–. Es buena para ti.

Como Rakhal lo era para ella.

Como Natasha lo era para él.

En aquella ocasión, al ver que él tiraba de la cuerda, sonrió.

Bianca

**Le dejó sumamente claro que la deseaba…
pero sin ataduras de ningún tipo**

Rebekah Evans, cocinera profesional, se había prometido a sí misma mantener las distancias con su jefe, Dante Jarrell, el solicitado abogado especializado en divorcios. Pero, en una noche de debilidad, acabó traicionándose a sí misma.

Dante jamás habría imaginado que el uniforme de cocinera de Rebekah escondiese semejantes curvas. Como no había logrado satisfacer del todo su apetito por ella, decidió llevársela a la Toscana.

Durante unos días de intensa pasión, Rebekah comenzó a derribar las defensas de él… hasta que descubrió que Dante la había dejado embarazada.

Deseos saciados

Chantelle Shaw

Acepte 2 de nuestras mejores novelas de amor GRATIS

¡Y reciba un regalo sorpresa!

Oferta especial de tiempo limitado

Rellene el cupón y envíelo a

Harlequin Reader Service®
3010 Walden Ave.
P.O. Box 1867
Buffalo, N.Y. 14240-1867

¡Sí! Por favor, envíenme 2 novelas de amor de Harlequin (1 Bianca® y 1 Deseo®) gratis, más el regalo sorpresa. Luego remítanme 4 novelas nuevas todos los meses, las cuales recibiré mucho antes de que aparezcan en librerías, y factúrenme al bajo precio de $3,24 cada una, más $0,25 por envío e impuesto de ventas, si corresponde*. Este es el precio total, y es un ahorro de casi el 20% sobre el precio de portada. !Una oferta excelente! Entiendo que el hecho de aceptar estos libros y el regalo no me obliga en forma alguna a la compra de libros adicionales. Y también que puedo devolver cualquier envío y cancelar en cualquier momento. Aún si decido no comprar ningún otro libro de Harlequin, los 2 libros gratis y el regalo sorpresa son míos para siempre.

416 LBN DU7N

Nombre y apellido	(Por favor, letra de molde)
Dirección	Apartamento No.
Ciudad	Estado Zona postal

Esta oferta se limita a un pedido por hogar y no está disponible para los subscriptores actuales de Deseo® y Bianca®.
*Los términos y precios quedan sujetos a cambios sin aviso previo.
Impuestos de ventas aplican en N.Y.

Deseo

El mandato del jeque
OLIVIA GATES

Lujayn Morgan había dejado al príncipe Jalal Aal Shalaan para casarse con otro hombre… que había muerto poco después.

Antes de su matrimonio, Jalal y Lujayn habían compartido una noche inolvidable, de modo que no había manera de negar que el hijo de Lujayn también lo era de Jalal.

El matrimonio era la única respuesta, pero Jalal era uno de los candidatos al trono de Azmahar. Aquel inesperado heredero podría destruir sus posibilidades o ser la clave para conseguirlo. Si pudiese demostrarle a Lujayn que la quería a su lado no por su hijo o por el trono sino por ella misma…

El hijo del jeque

¡YA EN TU PUNTO DE VENTA!

Bianca

Aquel magnate tenía una norma innegociable

A Daisy Connolly, la combinación irresistible de una fiesta nupcial, champán y la química con Alex Antonides la había llevado a pasar un increíble fin de semana con él en la cama de consecuencias inolvidables. Hacía tiempo que aquel griego tan sexy se había ido y le había roto el corazón.

Así que, cuando el despiadado Alex volvió a aparecer en su vida, Daisy decidió alejarse para no sufrir. Tenía que hacerlo porque tenía un hijo de cinco años del que no quería que supiera nada. Pero el heredero Antonides no podía permanecer oculto para siempre.

Normas rotas

Anne McAllister